LETTRES

DE

M. DE LONGUEVILLE,

ÉCRIVAIN PUBLIC,

A MONSIEUR ****

N°. III.

L'Auteur y expose le plan qu'il s'est fait pour entretenir le Public.

A AMSTERDAM,

Et se trouve A PARIS,

Au Palais Royal, à la Loge de l'Auteur, dans la
Galerie qui communique de la Cour des Fontaines
à la rue S. Honoré.

M. DCC. LXXVIII.

AVERTISSEMENT.

LE sieur de LONGUEVILLE, Ecrivain Public, a quitté la Place Royale, où il s'étoit établi, & travaille actuellement au Palais Royal, dans la Galerie qui communique de la Cour des Fontaines à la rue S. Honoré.

Dans l'un des volets qui ferment sa Loge, il y a une ouverture par où l'on pourra jetter les Lettres qui lui seront apportées, quand il ne sera point à sa Loge.

Voici son adresse : » à M. de Longue-» ville, Ecrivain Public, au Palais Royal, » Galerie de la Cour des Fontaines. A » Paris.

Il prie qu'on veuille bien affranchir les Lettres qu'on lui écrira.

ORDRE DU BUREAU

DE M. DE LONGUEVILLE.

LE Sieur DE LONGUEVILLE est à sa Loge le matin depuis dix heures jusqu'à deux, & l'après dînée depuis cinq heures jusqu'à neuf.

Les Dimanches & Fêtes il vient à sa Loge comme les autres jours, pour la commodité des Ouvriers qui travaillent toute la semaine, & qui n'ont que ces jours-là pour faire écrire dans leur Province.

Le sieur de Longueville n'indique plus de jour fixe pour servir les Pauvres *gratis* ; il remplira ces devoirs d'humanité quelque jour que ce soit, dès que les Pauvres se présenteront, & qu'il sera libre.

Si quand il arrive à sa Loge le matin, il trouvoit un Pauvre qui l'attendît, il commenceroit volontiers sa journée par la bonne œuvre de servir un Pauvre *gratis*.

LETTRE XVII.

Plan de l'Auteur.

Monsieur,

Pour que mes Lettres réuffiffent, je fens qu'il faut qu'elles aient l'intérêt & la variété du Spectateur Anglois ; vous fçavez que cet excellent Livre eft l'ouvrage de l'immortel Addiffon & de plufieurs Gens de Lettres qui poffédoient des talents fupérieurs ; ils travailloient au nombre de cinq ou fix à ce recueil qui fera toujours précieux, toujours diftingué, mais quelque féconds, quelqu'admirables que foient ces beaux génies, on remarque dans leurs derniers volumes, qu'ils font épuifés.

Mon recueil n'aura jamais le mérite du Spectateur Anglois, mais le plan que je me fuis fait me paroît mieux combiné que celui de fes Auteurs ; je ne choifis point de co-opérateurs ; je n'en fixe point le nombre ; c'eft la Nation elle-même qui, par la fuite, compofera le recueil que je propofe à la Nation.

L.

Sentant profondément l'impoſſibilité de ſou-
tenir ſeul ma correſpondance avec le Public,
je me hâte d'indiquer quel eſt mon but.

Je me propoſe par la ſuite de recueillir les
morceaux de Proſe heureuſement écrits, ainſi
que les Vers heureux qui paroiſſent dans l'année,
ſont recueillis par l'eſtimable Editeur de l'Alma-
nach des Muſes.

Une Proſe amuſante ou intéreſſante par les
penſées, & qui eſt irréprochable pour le ſtyle,
eſt une lecture délicieuſe. On la préfére, quand
on n'eſt plus un jeune homme, aux Pieces de
Vers les plus vantées.

Les Gens de goût obſervent que dans les
Poëtes François les plus corrects, on ne lit pas
douze Vers de ſuite, ſans s'appercevoir deux ou
trois fois que le Poëte, contraint par la rime &
par la meſure de ſes Vers, ou ne dit pas ce qu'il
veut dire, ou étrangle ſa penſée, ou la délaye
en trop de paroles; le caractere de la Proſe, au
contraire, quand elle eſt écrite par un habile
homme, eſt d'offrir par-tout de la préciſion, de
la clarté, autant de penſées, pour ainſi dire, que
de mots, & toujours le mot propre.

Je ſuis perſuadé qu'on écrit tous les jours,
tant en cette Capitale que dans nos Provinces,
cent Lettres qui ſont égales en mérite à celles

de Madame de Sévigné, & qui, de plus, préfen-
tent des idées Philofophiques que le fiécle de
cette Femme célébre n'avoit point obtenues.

Ces Lettres font reçues avec tranfports dans
les Sociétés à qui elles font écrites ; on les lit
plufieurs fois, & toujours avec un nouveau
plaifir ; fouvent on fe les fait apporter à la fin
des repas, pour animer la gaïeté des Convives,
ou y prendre le texte d'une converfation intéreffante. Ces Lettres tant vantées font enfuite
totalement négligées, & n'obtiennent pas même
les honneurs du Porte feuille, honneurs qu'on
accorde à des Pieces de Vers affez médiocres.

Je fupplie que l'on veuille bien m'envoyer
une copie de ces Lettres fupérieurement écrites,
& je les inférerai avec le plus grand plaifir dans
mon Recueil ; elles en feront la partie précieufe,
& par la fuite la plus confidérable ; & quand il
fera beaucoup plus l'ouvrage des autres que le
mien, j'appellerai ce Recueil *l'Année Philofo-
phique.*

Les Lettres dignes d'êtres recueillies, vinf-
fent-elles d'un homme ou d'une femme de la
plus haute confidération, pourroient m'être
envoyées, fans que ces Perfonnes refpectables
euffent à fe plaindre ; pour cela on auroit l'attention de ne m'en faire paffer qu'une copie, & d'en

retrancher les traits qui pourroient en faire re-
connoître les Auteurs.

Avec ces précautions, les Grands pourroient
s'amuser quelquefois à faire imprimer dans mon
Recueil une page de Profe de leur façon, & à
jouir des plaifirs de l'*incognito*.

Pour former cet Ouvrage qui peindra les
Mœurs du temps beaucoup mieux que les Vers,
les Romans, les Pieces de Théâtre, j'appelle à
mon fecours toutes les têtes penfantes qui s'é-
noncent en Langue Françoife, foit qu'elles
demeurent en France, foit qu'elles demeurent
dans les Pays Etrangers.

Je prie les deux Sexes de concourir à l'exé-
cution de mon entreprife ; à mérite égal, la
Lettre d'une femme fera préférée à celle d'un
homme.

Je defire les réflexions judicieufes de toutes
les perfonnes éclairées, foit qu'elles habitent
les Villes, foit qu'elles habitent les Hameaux ;
j'adreffe ma priere à tous les rangs, à tous les états,
à tous les caracteres, aux femmes pieufes, aux femmes diffipées ; aux Religieufes, aux Actrices, aux
Hommes cloîtrés, aux Comédiens, aux Chanoi-
nes, aux Militaires, aux Abbés Commendataires,
aux Curés à portion congrue, aux Médecins,
aux Avocats, aux Magiftrats fupérieurs, aux

Notaires de campagne, à toutes les personnes en général qui aiment la gaieté, le mérite & la vertu.

J'avertis que je ne serai point rebuté des fautes d'ortographe ou de style ; persuadé qu'on peut être un Grammairien exact & manquer d'esprit, & qu'on peut aussi avoir beaucoup d'esprit & ignorer la Grammaire ; je ne demande qu'une écriture facile à lire ; & si je remarque dans une Lettre des pensées agréables ou profondes, je me charge d'en faire disparoître les négligences de langue ou de style.

Je pourrois faire mieux encore ; s'il me venoit de la part d'une femme une Lettre charmante, mais où il n'y auroit aucune ortographe, je pourrois bien, par une politesse neuve, insérer la lettre dans mon Recueil avec toutes ces fautes, & malheur à celui qui la dédaigneroit, son mépris seroit aussi stupide que celui d'un homme qui détourneroit ses yeux d'une belle femme, parce qu'elle ne seroit pas à sa toilette.

De ma Loge, 1778.

LETTRE XVIII.

Suite du Plan.

Monsieur,

Si l'on réduisoit bien des Livres à ce qu'ils contiennent de précieux, on en conserveroit à peine la sixieme partie, pour en venir à ce qu'ils ont d'intéressant à dire au Public, bien des Auteurs se livrent à des préambules fort inutiles & fort ennuyeux.

En versant au contraire ses idées dans mon Recueil, sous la forme d'une Lettre écrite à un ami, on courroit d'abord à son objet, & rien n'engageant à remplir la carriere d'un certain nombre de pages, on cesseroit d'écrire dès que l'objet seroit pleinement présenté ou discuté.

Le Recueil que j'ai imaginé enrichira donc le Public d'excellentes idées qu'il n'auroit jamais obtenues.

Il est dans tous les rangs, depuis le Trône jusqu'à la cabane, des têtes supérieurement orga-nifées, & qui ont fur des objets intéreſſants d'excellentes vues, mais dans le nombre des Perſonnes qui ont un œil perçant & juſte, très-peu ont le loiſir, la patience ou peut être le talent de faire des Livres pour publier leurs opinions, & ces Perſonnes pourroient céder à la facilité de jetter leurs idées dans le Public par des Lettres d'une quarantaine de lignes.

On peut aſſurer que les Auteurs qui ont donné fur les Mœurs, fur les Arts, fur les Sciences des Ouvrages univerſellement eſtimés, ou qui ont couru, avec les plus grands fuccès, la carriere de l'éloquence ou celle de la Poéſie, ne voient perſonne au-deſſus d'eux par le mérite perſonnel.

On peut aſſurer encore qu'il exiſte des Per-ſonnes qui auroient pû s'élever au même dégré de gloire, & dont on ne parlera jamais ; ce font celles qu'une indigence profonde, ou une vaſte opulence, ou l'élévation du rang, ou des devoirs d'état, ou les contradictions d'un pere, ou le féjour dans la Province empéchent de cultiver leurs talents.

Je citerai pour exemple, Monſieur, un homme qui réunit à l'éclat de la naiſſance, à l'élévation du rang, les avantages de la fortune; quelques talents que cet homme ait reçus de la

Nature, il ne prendra point la peine de faire
de Vers, de Romans, de Pieces de Théâtre ;
on ne se dévoue à ces agréables & périlleuses
occupations que par un desir ardent d'être con-
sidéré dans le monde, & l'homme dont je parle,
y est fêté, dès qu'il se montre ; il a donc un
grand motif de moins pour se déterminer à la
fatigue de soigner des compositions littéraires ;
il y a plus, un tel homme ne peut que perdre
en se faisant Auteur ; s'il donne au Public des
Ouvrages supérieurs, il n'aura plus d'amis ; si
ses Ouvrages sont médiocres, le mépris se dé-
chaînera contre lui jusqu'à l'injustice ; on le rabais-
sera fort au-dessous de ce qu'il vaut réellement.

Les femmes qui ont une jolie figure & des
graces, n'ont pas besoin de faire imprimer ni
Vers ni Prose, pour être admirées ; dès qu'elles
paroissent dans une Société, tous les hommes
sont à leurs pieds.

Il est cependant vrai que personne n'écriroit
mieux sur les Mœurs, par exemple, que les
hommes, que les femmes qui ont toujours vécu
dans le monde ; Acteurs, dès l'enfance, de ce
théâtre toujours changeant, ils ont été à portée
de faire bien des observations fines & profondes que ne peuvent faire les Gens de Lettres ;
ceux-ci entrent tard dans le monde, y sont
rarement

rarement à leur aise, & n'y jouent gueres que le rôle de spectateurs ; il y a plus, on craint leurs regards ; on n'ose se livrer devant eux ; ils pensent voir beaucoup & bien ; & la vérité est que dans leurs remarques, ils sont souvent égarés par l'ardeur de leur imagination.

Des Personnes qui ont toujours fréquenté les cercles, en écrivant à leurs amis, disent donc sur les mœurs des choses mieux vues, mieux approfondies que les Auteurs de profession ; ce sont des copies de pareilles Lettres que je ferois entrer de préférence dans mon Recueil.

Je recevrai aussi avec empressement, Monsieur, les Lettres qui auront pour objet de faire aimer la Religion, & de retracer aux yeux de la Nation les puissants motifs qu'elle donne pour cultiver la vertu ; je serois charmé de faire lire aux Personnes qui sont sans cesse emportées par le tourbillon des plaisirs, les réflexions touchantes ou sublimes d'une ame pieuse, qui, n'ayant de commerce qu'avec Dieu & les Anges, vanteroit son extrême félicité.

Il existe en morale des sujets qui intéresseront toujours, & qui, vus par différents yeux, ne seront jamais épuisés, ou pourront au moins être traités d'une façon toujours nouvelle ; tels sont l'amour-propre, l'amour, l'amitié, la ten-

M

dreſſe des parents ; l'envie, la grandeur d'ame ; la dureté du cœur, la bienfaiſance; la vengeance, le pardon des injures ; l'ignominie, la gloire; les préjugés, la Philoſophie; l'impiété, la Religion; la naiſſance de l'homme & ſa mort.

Pourquoi la Proſe n'auroit-elle pas ainſi que la Poéſie, le privilége de traiter toute ſorte de ſujets ? Si l'on y réfléchit un inſtant, on appercevra que les Domaines du Proſateur ſont encore plus vaſtes que ceux du Poëte.

En dépoſant dans mes feuilles leurs opinions particulieres, toutes les têtes penſantes exiſteront utilement pour la Nation ; toutes feront leur Livre avant de mourir, & un excellent Livre; dire beaucoup de choſes en péu de mots, c'eſt le moyen le plus ſûr de tranſmettre & ſon ame & ſon nom à la poſtérité.

De ma Loge ; 1778.

LETTRE XIX.

Suite du Plan.

MONSIEUR,

JE n'excluds point de mon Recueil la Poéſie,

mais je n'y admettrai point de Vers de quelque part qu'ils me viennent.

Les Poëtes qui daignent descendre jusqu'à la Profe & les Profateurs qui ont l'imagination d'un Poëte, pourroient illustrer ma collection par des Lettres qui auroient pour objet de célébrer une femme aimable ou une Actrice célebre.

Je ferois fuperbe d'avoir créé une maniere de plus de louer publiquement la beauté, les graces, les talents ; peut on trop multiplier les éloges que l'on doit à un fexe qui fait l'admiration & la félicité de l'univers.

Pour offrir aux femmes des hommages ingénieux, la Profe, ce me femble, feroit plus avantageufe que les Vers ; elle admettroit un plus grand nombre de chofes délicieufes & plus heureufement exprimées.

Lorfqu'une jolie Danfeufe s'avance vers la fcène, & qu'un applaudiffement univerfel annonce qu'elle va paroître, fi on s'avifoit de lui attacher des chaînes dont elle fe trouveroit enveloppée, pourroit-elle exécuter, avec précifion, avec grace, avec variété, ces pas, ces mouvements, ces attitudes qui font les délices des Spectateurs ; ainfi qu'une jolie Danfeufe, a brillante imagination veut être exempte de toute contrainte, pour développer toutes fes graces,

Il y a plus ; pour préferver de la manie des Vers , les jeunes gens deftinés à remplacer leurs peres dans des emplois importants , il feroit à fouhaiter que l'ufage s'introduisît de voir ces jeunes gens célébrer leurs Maîtreffes par une Profe ingénieufe plutôt que par des Vers qui , toujours faits à la hâte , font prefque toujours médiocres , & engagent infenfiblement dans la carriere de la Poéfie un jeune homme à qui la nature ou les circonftances défendoient de la courir.

Pour introduire cette réforme qui fauveroit à des peres de familles des chagrins qui les traînent dans le tombeau , & aux jeunes gens des chûtes Poétiques multipliées qui ne les font point rentrer dans les domaines de la Profe, les femmes n'ont qu'à vouloir ; elles n'ont qu'à plus accueillir la Profe que les Vers , & pour les y engager , j'ofe les affurer que leur amour-propre y gagnera. Pour quelques Vers heureux qu'elles infpirent à un homme de génie, il eft incroyable combien on fait de mauvais Vers à leur occafion , tandis que quelques lignes d'une Profe ingénieufe & bien écrite renfermeroient un plus grand nombre de chofes flatteufes & plus heureufement énoncées qu'une quarantaine de ces Vers appellés *Vers de Société ;* & il eft

à remarquer auſſi qu'une Proſe agréable & con-
ciſe ſe retient beaucoup mieux que les Vers
médiocres.

Par des Lettres qui réuniroient & l'abon-
dance des penſées & la magie du ſtyle, on
pourroit encore offrir dans mon Recueil un
hommage public à la ſupériorité des hommes
qui auroient bien mérité de la Patrie, ou dans
les Lettres, ou dans les Arts, ou dans le Commerce, ou dans la Magiſtrature, ou dans les
Armes, ou dans le Miniſtere.

Je recevrois encore avec empreſſement &
avec reconnoiſſance des Lettres qui auroient
pour objet uniquement d'indiquer les beautés
d'un Poëme, d'une Muſique, d'un Livre Phi-
loſophique, ou d'un Tableau, qui ont paru dans
l'année ; ſi l'ouvrage eſt bon, aucun homme
n'eſt plus capable de faire cette Lettre que l'Auteur lui-même.

Quelques mois après que l'Ouvrage eſt ſorti
de ſes mains, perſonne n'eſt plus en état que
l'Auteur de faire remarquer les beautés qu'il y
a placées par le diſcernement de ſon goût, ou
qu'il y a miſes en quelque ſorte malgré lui par
la ſeule impulſion de ſon génie. Qui a mieux
jugé les Pieces de Corneille que Corneille lui-
même ?

Pour cela je voudrois que l'Auteur ne s'oc-
cupât point du tout des critiques qui auroient
été faites de son Ouvrage, qu'il se bornât à en
faire un extrait rapide, & à en indiquer les beautés, qu'il fit transcrire sa Lettre, & me l'en-
voyât sans signature.

S'il entreprenoit de réfuter les Adversaires
de son ouvrage, il ne donneroit que plus de
profondeur aux plaies qu'ils auroient faites à son
amour-propre, & il m'enverroit un volume au
lieu d'une Lettre.

Ces Lettres dont je donne l'idée pour les bons
Ouvrages des Artistes & des Gens de Lettres,
ne me feront rien entreprendre sur l'emploi de
MM. les Journalistes; mes fonctions feront pu-
rement agréables à celui qui en fera l'objet & les
fonctions de ces Messieurs font austeres; ils doivent s'occuper tout autant des négligences d'un
Auteur que des beautés de son Ouvrage, & leur
sévérité mérite des éloges; on doit la conserva-
tion du goût & la supériorité de la Littérature
Françoise au courage qu'ils ont de repousser
avec un bras d'airain les Ecrivains vulgaires
qui profaneroient le temple des Arts, & qui,
placés dans des états nécessaires, mériteroient
l'estime de la Société.

Au sujet des Lettres que je desire sur les productions des Gens de Lettres & des Artistes, je vais rendre ma pensée plus nettement encore ; je voudrois qu'on fît des bons Ouvrages qui paroissent un éloge pareil à celui qu'on fait des Auteurs, après leur mort ; on garde le silence sur leurs foiblesses, on ne parle que de leurs qualités louables.

Un Tableau qui n'offriroit que les beautés d'une production nouvelle, donneroit aux ames éclairées & vertueuses le même plaisir qu'é-prouve un avare en voyant l'accroissement de ses richesses. Il y a une différence ; le plaisir de celui - ci est un vice ; l'autre plaisir est une vertu.

Vous entendez, Monsieur, que je n'admet-trai que l'éloge d'un Ouvrage estimé ou fait par un Auteur estimé qui aura moins réussi que dans ses autres Ouvrages.

De ma Loge, 1778,

LETTRE XX.

Suite du Plan.

MONSIEUR,

LA vie ordinaire préfente les fujets les plus intéreffants aux ames éloquentes qui joignent aux penfées heureufes les graces de l'expreſſion,

Une mere marie fa fille & la donne à un homme qui l'emmene à cinquante, à cent lieues de fa Patrie ; fuppofons que ces deux femmes s'aiment éperdument , & que toutes les deux aient du mérite ; les Lettres qu'elles s'écriront doivent préfenter une lecture délicieufe.

C'eft dans ces circonftances qu'a écrit Madame de Sévigné ; l'ivreffe de l'amour maternel fe peint dans fes Lettres avec des traits de feu & des traits toujours variés ; on eft furpris de voir naître à chaque inftant, fous la plume de cette femme enchantereffe , des expreſſions toujours nouvelles, pour dire à fa fille combien elle lui eft chere.

Les

Les Lettres de Madame de Sévigné ont un autre mérite ; elles apprennent des Anecdotes de la Cour de Louis XIV qui font précieufes ; il y a plus de vingt ans que je n'ai lu ces Lettres, & autant que je puis m'en fouvenir, aucune des Anecdotes qui y font rapportées, n'eft offenfante pour le Grand qui en a fourni la matiere.

Il eft impoffible en effet que des hommes qui ont au plus haut dégré la puiffance de faire le bien, ne cedent fréquemment à la tentation fi douce de faire des heureux ; pour m'affurer de ce qui fe paffe dans le Palais des Rois, je ne fortirai pas de l'humble cabane où j'écris ces lignes ; j'interroge mon cœur, & il m'affure que je ne me trompe point.

Les belles actions qui font faites par nos Princes, par nos Princeffes, font connues par la Nobleffe qui vit à la Cour, & qui en parle vraifemblablement dans les Lettres qu'elle écrit à fa famille ; que je faurois bon gré, Monfieur, à la main vertueufe qui m'enverroit une copie de ces Lettres.

La mort enleve un fils unique à des pere & mere qui, nés très-fenfibles, ont l'éloquence de la nature ; on doit fondre en larmes, en lifant les Lettres qu'ils écriront à leurs amis.

Un pere, après s'etre oppofé long-temps à

N

ce que fon fils époufât fa Maîtreffe, donne enfin fon confentement ; que de reconnoiffance, que de joie, que d'ivreffe doivent éclater dans la Lettre que le fils écrira à fon pere, pour le remercier !

Une jeune Demoifelle enfermée dans un cloître, & prête à y être immolée à la vanité de fes freres, fait un dernier effort pour défendre fa liberté ; elle écrit à fes pere & mere une Lettre effrayante, où elle pouffe les cris du défefpoir ; qu'une pareille Lettre feroit éloquente & pathétique !

Sans être unis par une amitié fort étroite, les Gens d'efprit que les circonftances féparent pour un temps, s'écrivent volontiers, & leurs Lettres, pour l'ordinaire, contiennent de bonnes obfervations, des détails piquants, & d'excellentes plaifanteries.

Des Lettres amoureufes faites par des Auteurs de profeffion, ne vaudront jamais celles qui font écrites par des Amants & des Maîtreffes vé a-bles, quand ceux-ci, par la nobleffe de l'ame, font dignes d'offrir le culte fublime de l'amour.

J'ai le bonheur de croire à l'amitié, parce je crois à la vertu ; il exifte certainement dans les deux Sexes des amis fort tendres dont les Lettres feroient un extrême plaifir.

La Guerre qui fe déclare , expofera aux plus grands dangers des têtes adorées qui laifferont une amante , une époufe , une mere dans les plus vives alarmes ; les Lettres qui feront écrites de part & d'autre , feroient le plus bel ornement de mon Recueil.

Afin de préfenter au Public un choix de Lettres qui foit digne de fes regards , je n'admettrai que celles où je verrai une rapidité de ftyle qui renfermera prefqu'autant de penfées que de mots , & qui offriront ou l'agrément des narrations , ou la délicateffe de l'efprit , ou les graces de l'enjouement , ou la fineffe de la raillerie , ou l'éloquence des paffions.

Des Lettres de ce mérite font prefqu'auffi rares que le font en Poéfie les excellentes Pieces fugitives ; il eft peut-être même plus difficile encore de plaire par la Profe que par les Vers ; ceux ci par la gêne qu'ont impofée à leur Auteur leur mefure & la fervitude de la rime , font tellement en poffeffion d'être lus avec indulgence, qu'on la leur accorde même fans en faire la réflexion.

La Profe au contraire eft & doit être lue avec féverité ; aucune efpece d'entraves n'a contraint fon Auteur ; auffi quand elle contente l'œil perçant de l'homme de goût , elle eft pour lui un

plaisir délicieux ; la Profe peut être parfaite ;
les Vers ne le font presque jamais.

J'ai développé fous vos yeux , Monsieur ,
toutes mes reffources pour foutenir dignement
l'honneur d'entretenir le Public ; elles font fi
abondantes que je pourrois facilement publier
un volume tous les mois , mais comme je fuis
jaloux d'obtenir le suffrage des Perfonnes de
goût , je n'aurai aucune complaifance pour les
Lettres médiocres qui pourroient m'être envoyées.

C'eft parce que je ferai très-difficile dans mes
choix que je ne publierai gueres dans le cours
d'une année que fept ou huit Brochures de 80
pages environ.

Mon Recueil réuffira infailliblement , fi je
fuis fecondé par un grand nombre de Perfonnes de mérite qui demeurent dans cette Capitale , qui ont des idées trop nettes fur le bonheur véritable , pour hafarder leur repos en fai-
fant des Livres , & qui ne feront pas fâchées de
publier leurs idées fous une forme qui n'annon-
cera aucunes prétentions.

Pour que leurs Lettres foient placées d'abord ,
je les prie de vouloir bien les figner , mais je
ne les nommerai que quand elles m'en auront
donné une permiffion bien nettement énoncée.

De ma Loge , 1778.

LETTRE XXI. (a)

» Lettre d'une Dame & de fa Société. »

Monsieur,

L'une des Dames de Paris les plus confidérées m'a fait l'honneur de m'écrire la Lettre fuivante, conjointement avec fa Société , & la Lettre étoit ainfi adreffée : *à M. de Longueville , Officier de Morale , en fa Loge , Place Royale.*

Je fuis trop glorieux de cette Lettre pour ne point vous la communiquer , mais vôtre bonheur ne fera pas complet , vous ne faurez pas qui eft cette Dame ; elle me défend de la nommer. Voici une copie de la Lettre.

» J'ai eu , Monfieur , dix Perfonnes à dîner

(a) Cinq Dames & cinq Hommes dont le caractere & les difcours font très - différents , me font l'honneur de m'écrire féparément dans cette Lettre ; ainfi cette Lettre qui pourroit épouvanter par fa longueur , n'eft que la réunion de dix Lettres fort courtes.

» aujourd'hui ; on a beaucoup parlé de vos
» Lettres , & je vous assure qu'elles plaisent in-
» finiment ; elles ont un mérite rare ; elles rani-
» ment le sentiment de la gaieté. Vos plaisante-
» ries , à quelques-unes près , sont de la bonne
» espece , & je vous félicite d'avoir reçu de la
» Nature ce talent qui est accordé à très-peu
» de beaux esprits.

» On a passé ensuite à la proposition que
» vous faites d'instituer des Officiers de Mo-
» rale ; on est convenu unanimement que cette
» institution seroit très-agréable & très-utile au
» Public ; quelle est la personne sensible qui ne
» s'est point trouvée dans des crises épouvan-
» tables où l'on périt de douleur , & où l'on
» ne sait à qui ouvrir son ame.

» Plusieurs cependant ont jugé que cette ins-
» titution étoit une chimere ; où trouver , ont-
» ils dit , des hommes dignes d'exercer l'emploi
» d'Officier de Morale ? Un bon Religieux qui
» dînoit avec nous, a dit : *ces hommes seront rares*
» *dans tous les siécles , mais à juger de M. de*
» *Longueville par ses Lettres , il est digne d'être*
» *un Officier de Morale ;* & cette réflexion a été
» applaudie de toute la table.

» J'ai parlé à mon tour , & j'ai dit : *il me*
» *vient une idée ; il faut qu'après le café nous*

» nous amufions à écrire tous à **M. de Longue-**
» ville. Cette idée a été faifie avec vivacité par
» les Dames qui me faifoient l'honneur de dîner
» chez moi, & les hommes ont accepté la pro-
» pofition avec le même empreffement.

» Un jeune Abbé qui étoit du dîner a mar-
» qué beaucoup d'impatience de tenir la plume,
» & c'eft lui qui eft notre Secrétaire.

» Tous mes Convives defirent parler à leur
» tour ; je cede le pas aux Dames ; l'une d'elles
» court auprès de notre Secrétaire, & il eft à
» remarquer que c'eft la plus jeune de nous tou-
» tes ; il eft encore à remarquer qu'elle fe pâme
» de rire, & qu'elle ne fait trop ce qu'elle vous
» dira ; elle va parler ; je me trompe ; elle rit
» encore. Enfin elle parle.

» Monfieur l'Officier de Morale, aux éclats
» de rire que je fais en vous écrivant, vous con-
» noîtrez la maladie de mon ame ; j'ai grand
» befoin que vos confeils répriment en moi
» cette fureur de rire à chaque inftant ; je ne
» m'en guérirois point, en lifant vos Lettres ; j'ai
» ri pendant quinze jours de l'homme qui a étu-
» dié férieufement, dans les Portraits antiques
» & nouveaux, toutes les fortes de perruques
» qui ont été faites depuis la création de la per-

» ruque , & qui penfe fervir l'Etat en prêtant
» fon nom au bail des Fermes générales; je me
» propofe d'aller vous voir inceffamment, & je
» vous préviens que , fi, en entrant dans votre
» Loge, cette idée comique fe préfente à mon
» efprit , la premiere chofe que je ferai fera de
» vous rire au nez, mais j'efpere que vous par-
» donnerez cette étourderie à une femme qui
» n'a pas vingt ans, & qui vous eftime infini-
» ment. Je me retire, Monfieur, c'eft une autre
» Dame qui vous écrit.

» Monfieur l'Officier de Morale , il n'y a que
» quelques années que je fréquente les cercles,
» & je remarque dans les Mœurs une bien trifte
» révolution ; la politeffe décroît de jour en
» jour ; autrefois quand j'étois à table & que je
» paroiffois defirer quelque chofe , à l'inftant
» deux ou trois hommes étoient en l'air pour
» me fervir, mais à préfent il faut que je me
» ferve moi-même les trois quarts du temps.;
» autrefois , lorfque dans un cercle mon éven-
» tail venoit à m'échapper des mains , les hom-
» mes fe précipitoient pour le ramaffer, comme
» s'il étoit tombé dans le feu, à préfent les hom-
» mes font devenus fi pareffeux , que , quand ce
» petit accident m'arrive , fi je ne craignois de
» compromettre

» compromettre la dignité de mon sexe, j'aurois
» tout le temps de ramasser moi-même mon
» éventail , avant qu'il fût relevé par eux. Ah !
» que les Mœurs sont changées ! & que les
» hommes au contraire étoient polis, quand j'ai
» paru dans le monde !... Je vous en prie ,
» Monsieur , écrivez sur la décadence de la poli
» tesse , cela est essentiel ; je vous en dirois bien
» davantage , mais un Docteur qui a dîné avec
» nous & qui est pressé d'aller voir ses malades ,
» brûle de vous dire son mot avant de nous
» quitter : c'est donc lui qui va vous parler.

» Monsieur l'Officier de Morale , l'intérêt
» que je prends à vous me force de vous avertir
» qu'une haine sourde commence à fermenter
» contre vous dans notre Faculté ; plusieurs de
» mes Confreres s'apperçoivent que les femmes
» qui ont des vapeurs ne les font plus appel-
» ler , mais envoyent chercher vos Lettres ;
» veillez , je vous en prie , à répandre moins
» d'enjouement dans vos écrits , où vous atti-
» rerez sur votre tête de tous les fléaux le plus
» redoutable , la vengeance des Médecins.

» Une jeune Dame charmante s'approche
» pour vous écrire ; que j'envie votre bonheur,
» Monsieur , je vous laisse avec elle, & je vais
» voir mes malades.   O

» Monsieur l'Officier de Morale , j'ai de
» l'humeur contre tous les hommes , ils me
» prennent pour une imbécille; ils ne me jugent
» point capable de tenir une conversation fen-
» fée ; cependant je connois l'histoire; j'ai quel-
» ques notions fur les Arts , & quand je prends
» plaisir à entendre dire des chofes intéreffantes
» fur ces objets, & quelquefois à les dire moi-
» même, on m'interrompt pour s'écrier que mes
» cheveux font fuperbes , que mes yeux font
» raviffants, & que mon fourire eft célefte ; je
» fuis excédée de tous ces éloges, & où eft le
» bon fens de louer une femme, parce qu'elle
» eft jolie? Eft-ce elle-même qui s'eft faite ?

» Malgré le goût fi vif que vous montrez dans
» vos Lettres, Monfieur , pour les jolies fem-
» mes, je fuis bien fûre que vous ne les fatiguez
» point par de continuelles adulations. Dans
» cette confiance, je me propofe d'aller vous
» voir bientôt, & je me flatte que vous vous
» bornerez à me marquer les égards que vous
» auriez pour une laide qui ne feroit recom-
» mendable que par le bon fens & par les ver-
» tus du cœur ; je me retire, Monfieur, pour
» faire place à une Dame bien aimable, bien
» refpectable , mais qui a une bien mauvaife
» fanté, c'eft elle qui va vous entretenir.

« Monfieur l'Officier de Morale , la jolie
» femme qui vient de vous écrire , fe plaint
» des hommes, & moi j'ai de l'humeur & contre
» les hommes & contre les femmes. Il eft
» incroyable combien on a peu de complaifance
» pour les valétudinaires ; j'ai des infirmités de
» toute efpèce , & il ne m'eft pas permis d'en
» dire un mot dans les Sociétés que je fréquente.
» Quand je veux parler de mes migraines , de
» mes infomnies & de la toux violente qui me
» fuffoque à chaque inftant , on m'interrompt
» pour me demander fi la nouvelle Actrice a
» débuté aux Français, ou fi les Bouffons que
» M Devifme fait venir d'Italie font arrivés.
» Je m'embarraffe bien des Bouffons & des
» Actrices , c'eft ma fanté qui m'intéreffe. Pour
» vous , Monfieur, vos Lettres annoncent que
» vous avez un bon cœur, & que j'aurai de la
» confolàtion auprès de vous. Je vous préviens
» qu'inceffamment j'irai paffer une après-dînée
» toute entière dans votre Loge , pour vous
» conter la naiffance & l'accroiffement de mes
» infirmités , & je me promets que vous m'é-
» couterez avec l'intérét affectueux d'une ame
» compatiffante , & que vous charmerez mes
» maux par la gaieté de votre imagination.
» Voilà un homme qui s'approche pour me

» remplacer ; il va auſſi ſe plaindre de ſa ſanté ,
» & il eſt gros comme quatre : cela fait pitié.
» Il raconte ſans ceſſe ſes maux d'eſtomach ,
» & il impatiente tout le monde quand il
» en parle.

» Monſieur l'Officier de Morale , je n'ai point
» d'état , mais j'ai un bon revenu ; cela vaut
» bien une profeſſion quelconque. Mes amis
» me reprochent d'être un gourmand , & je
» crois qu'ils ont raiſon. Vous ſaurez que j'ai
» le meilleur Cuiſinier & le plus mauvais eſto-
» mach de Paris. Il n'y a pas de ſemaine que
» je n'aie trois ou quatre indigeſtions. Je me
» propoſe d'aller vous conſulter , & comme
» Médecin & comme Officier de Morale.

» Comme Médecin , vous pourriez me
» donner quelque corroboratif qui rétabliroit
» mon eſtomach , & je vous devrois la délecta-
» tion de manger copieuſement & ſans craindre
» d'indigeſtion. Mais , ſi je ſuis aſſez malheureux
» pour que mon eſtomach ſoit irréparable ,
» j'invoquerai la ſageſſe de l'Officier de Morale ,
» & je vous prierai de meubler ma tête de
» quelques ſentences philoſophiques que je puiſſe
» me rappeller pour faire diverſion , quand je
» ſerai tenté à table par de bons ragoûts. Si

» vous parvenez, Monfieur, à rétablir mon
» eftomach ou à me faire triompher de la gour-
» mandife, je vous donnerai un repas fi friand,
» fi friand, que vous-même vous aurez une
» bonne indigeftion. Si ce petit accident vous
» arrive, vous n'en ferez que plus éloquent
» contre la gourmandife : vous parlerez d'après
» les lumieres de l'expérience.

» Je fuis interrompu par un homme qui
» me paroît très-preffé d'avoir fon tour. Je me
» retire. C'eft lui qui va dicter à notre Se-
» crétaire.

» Monfieur l'Officier de Morale, je fuis né
» dans une aifance qui feroit, dans leur vieilleffe,
» le bonheur de beaucoup d'hommes qui au-
» roient travaillé toute leur vie. J'ai dans Paris
» une maifon bien montée & une jolie terre dans
» une belle Province, & cependant je ne fuis
» point heureux, je ne me trouve point affez
» riche. J'ai imaginé une entreprife qui feroit
» utile à l'état, & qui me vaudroit plufieurs
» millions ; depuis deux ans, j'en follicite le
» privilege, & je n'ai pas encore pu l'obtenir.
» Depuis deux ans, je fuis dans un mouvement
» continuel, je fuis jour & nuit fur le chemin
» de Verfailles. J'attrape tous les mois des

» rhumes terribles , qui n'interrompent point
» mes courfes , auffi ai-je penfé périr l'hiver
» dernier d'une fluxion de poitrine. C'étoit bien
» mon intention . Monfieur, de vous demander
» vos confeils , pour parvenir à bannir de ma
» tête ce maudit projet , qui m'empêche de
» jouir du bien-être de ma fituation, mais il
» faut que je parte fur le champ pour Verfailles ,
» je fuis averti que le Miniftre de qui dépend
» mon affaire, doit traverfer une anti-chambre ,
» qu'on m'a défignée , ce foir, à 9 heures 25
» minutes & quelques fecondes. Il eft effentiel
» qu'il me trouve planté fur fon paffage. Si je
» fuis affez heureux pour qu'il m'apperçoive ,
» cela lui rappellera mon affaire , & demain le
» privilege fera expédié.

» Je parts , & je vous annonce , Monfieur ,
» que je fuis remplacé par un homme bien plus
» fenfé & bien plus vertueux que moi ; c'eft un
» vénérable Bénédictin.

« Monfieur l'Officier de Morale , j'ai mes
» petites foibleffes , comme ces Meffieurs qui
» viennent de vous avouer les leurs , mais une
» politique clauftrale m'empêche de les dire tout
» haut. Il ne faut pas convaincre les gens du
» monde que nous ne valons pas mieux qu'eux :
» c'eft bien affez qu'ils s'en doutent.

» Vous avez annoncé , Monfieur , qu'il y
» avoit dans votre perfonne, une demi-douzaine
« de Savants. Quand on vous lit , cela eft d'une
« évidence frappante. Mais dans le nombre des
» Savants qui compofent votre individu , c'eft
» le Médecin qui m'intéreffe. Je vous dois une
» fanté beaucoup meilleure que je ne l'avois
» ci-devant. Vos Lettres me procurent un bien-
» être que je n'ai jamais obtenu par les pilules
» que les Médecins me font avaler. Faire oublier
» à une infirme fes infirmités , par les images les
» plus riantes , eft bien la meilleure façon de le
» guérir. Continuez, Monfieur, votre charmante
» carrière , vous obtenez le fourire des Grâces
& le fuffrage de la Vertu.

» La Dame chez qui nous fommes, eft fortie
» pour un inftant : notre jeune Secrétaire pro-
» fite de fon abfence, pour avoir auffi l'honneur
» de vous entretenir.

« Monfieur l'Officier de Morale , je fens tout
» l'agrément de votre efprit & toute l'honnêteté
» de votre cœur ; cela m'enhardit à vous parler
» avec gaieté & avec franchife.

» Quoique toute la bonne Compagnie dont
» j'ai eu l'honneur d'étre l'interprete , réclame
» les fecours de votre raifon , je ne vous

»'crois pourtant point l'homme de France le
» plus raifonnable. Avec tout le mérite qu'an-
» noncent vos Lettres , vous n'avez pas pu
» être réduit à être Ecrivain public , fans avoir
» payé aux foibleffes humaines, quelque tribut
» confidérable ; cependant il n'eft pas impoffible
» que vous réconciliez les autres hommes avec
» la raifon. On voit des Médecins valétudinaires,
» rendre aux autres hommes, la fanté dont
» eux-mêmes ne jouiffent point.

  » La Dame chez qui nous fommes, rentre ;
» c'eft une femme d'un âge avancé & fort pieufe ;
» elle va me demander ce que je vous ai écrit ;
» j'en tremble ; elle s'approche de la table ; elle
» m'ordonne de lire ce que je vous mande.
» J'obéis. J'ai lu. Elle eft fort courroucée. La
» voilà de bout & appuyée fur fa canne au milieu
» de fon cabinet d'affemblée ; elle opine à haute
» voix qu'il faut me condamner à tranfcrire la
» Lettre , & à fupprimer ce que j'ai écrit ; une
» feule Perfonne fe range de fon avis ; c'eft le
» Pere Bénédictin ; irritée de cette réfiftance,
» elle fait à fon monde ce petit fermon que
» voici, & qu'elle m'ordonne d'écrire, fans en
» omettre un mot ; c'eft elle qui parle.

  » Il n'y a que le Pere Bénédictin & moi qui
» ayons du bon fens ici. Meffieurs & mes Dames,
                              » permettez-

» permettez - moi de vous le dire , vous êtes
» tous des têtes évaporées ; vous n'entrevoyez
» perfonne quel eft le caractere de M. de Lon-
» gueville ; je fuis perfuadé que c'eft un homme
» d'une grande piété ; il n'y a que des vues chré-
» tiennes qui ayent pû l'engager à fe dévouer
» au fervice des Pauvres , à établir fon domi-
» cile dans une petite Loge , qui , dit-on , n'eft
» gueres plus grande qu'une cage , & à mener
» tout cet hiver la vie pénitente d'un anacho-
» rette.

» Rien n'eft mieux imaginé , rien ne feroit
» plus utile qu'une inftitution d'Officiers de Mo-
» rale ; fans vous en excepter , Monfieur l'Abbé ,
» je connois beaucoup d'Eccléfiaftiques qui au-
» roient grand befoin des remontrances d'un
» Officier de Morale.

» Ceffez de rire , Mefdames ; quittez votre
» air ironique , Meffieurs , & donnez toute votre
» attention à ce que je vais avoir l'honneur de
» vous dire ; il pourra bien arriver que M. de
» Longueville joue un grand rôle dans l'hiftoire
» du dix - huitieme fiécle ; fi l'inftitution des
» Officiers de Morale vient à profpérer , M. de
» Longueville eft un fondateur d'ordre.

» Mefdames & Meffieurs , joignez-vous , s'il
» vous plaît , au Pere Bénédictin & à moi qui ,

P

» tandis que notre Secrétaire va clorre notre
» Lettre, aurons quelques minutes la tête ref-
» pectueufement inclinée ; exprimons tous par
» une attitude recueillie la vénération profonde
» que doit infpirer un fondateur d'ordre à des
» perfonnes du fiécle qui ofent lui écrire.

A Paris, 1778.

LETTRE XXII.

» *Belle action d'une Actrice* ».

MONSIEUR,

UN Officier m'a permis de publier ce que je
vais avoir l'honneur de vous dire.

Cet homme eftimable qui m'honore de fa
confiance éprouva l'hiver dernier la détreffe la
plus cruelle ; il vint me trouver dans ma Loge,
& me dit :

» Je fais qu'un honnête homme ne doit pas
» vivre aux dépens d'autrui ; s'il ne me reftoit
» aucune reffource fur la terre, je fais le parti
» que j'aurois à prendre, mais je ne fuis point

» dans le cas de recourir au parti violent que
» le courage nous indique , lorfqu'on a perdu
» tout efpoir de fe réconcilier avec la fortune ,
» un événement qui ne peut fe réalifer que dans
» trois mois , me remettra dans l'agréable ai-
» fance où j'ai toujours vécu , mais pour atten-
» dre cet événement , j'ai befoin de quelques
» louis , & je ne les trouve point. Dans une
» Ville où il y a tant d'hommes opulents , & où
» je fuis lié avec des riches qui paroiffent m'efti-
» mer , je fuis comme dans un vafte défert où
» il n'y auroit ni aliments ni hommes ».

A ces dernieres paroles je frémis ; infortuné
moi-même , pouvois-je ne pas reffentir vive-
ment la fituation de cet infortuné ; après avoir
indiqué à cet Officier différentes Perfonnes opu-
lentes qui n'attiroient pas fa confiance , l'idée
me vint de lui nommer l'une de nos Actrices les
plus célébres. L'idée lui plût ; cet Officier qui
a beaucoup d'efprit , m'obferva que , pour rendre une Perfonne confidérable , les grands talents valoient bien une autre illuftration quelconque , & me déclara qu'il ne fentoit aucune
répugnance à faire cette démarche. En effet il
alla chez cette Actrice.

Cette femme fupérieurement aimable lui fit
l'accueil le plus obligeant ; il dit avec franchife

le motif qui l'amenoit ; l'Actrice fixa un inftant l'Officier, mais fans affectation ; l'Officier préfenta des papiers pour fe faire connoître ; en femme éclairée qui fait que la bienfaifance n'eft eftimable, qu'autant qu'elle eft exercée avec difcernement , l'Actrice prit un temps affez long pour examiner les papiers; quand il lui fut bien connu que l'homme méritoit des fecours, l'enjouement qui eft l'état habituel de fon efprit a reparu fur fon vifage , & elle a dit à l'Officier : » je fuis très-flattée , Monfieur , de la préférence » que vous avez bien voulu me donner , dans » les circonftances malheureufes où vous vous » trouvez ; vos papiers m'ont appris que dans » trois ou quatre mois vous recouvrerez l'ai- » fance que vous avez perdue , & je vois qu'il » n'eft queftion que de vous avancer de l'argent. » Dites-moi franchement ce qu'il vous fau- » droit ».

L'Officier énonça la fomme ; l'Actrice lui donna de la maniere la plus noble un tiers de plus qu'il ne demandoit ; quand l'argent fut donné , cette femme charmante fe livra à la gaieté de fon imagination , & les faillies les plus heureufes interrompoient à chaque inftant les remerciements de l'Officier. Craignant d'importuner par une vifite trop longue , il alloit pren-

dre congé d'elle, quand elle lui dit : » vous êtes
» trifte, je veux que vous m'entendiez chan-
» ter, cela bannira votre mélancolie ».

L'Officier fut exceffivement étonné & ravi
d'un acte d'humanité auffi ingénieux , & fur le
champ cette femme fi célébre par les agréments
de fa voix & fa fupériorité dans la Mufique,
chanta deux airs délicieux ; l'Officier qui defi-
roit l'entendre chanter, mais qui n'auroit jamais
ofé l'en prier , fut tranfporté de plaifir, & il
fortit de chez elle le cœur pénétré de la plus
vive admiration.

Que dites-vous , Monfieur , de ces deux airs
chantés à l'Officier ; vu la fituation , où étoit
celui-ci & la brillante réputation de l'Actrice,
ce trait de bonté me paroit une action fublime ;
il n'eft pas donné à toutes les ames de faire le
bien avec autant de graces ; pour fe montrer
avec autant d'éclat dans la carriere de la vertu ,
un bon cœur ne fuffit point , il faut y joindre
un efprit fupérieur.

Cette bienfaifance exercée avec tant de pru-
dence , avec tant de nobleffe , avec tant d'enjouement , ajoute encore à la gloire de cette
Actrice qu'il ne m'eft pas permis de nommer,
mais que tout Paris nommeroit , fi cette Lettre
paffoit fous les yeux de tout Paris.

De ma Loge , 1778.

LETTRE XXIII.

» Vifite d'un homme camus qui a les idées les
plus bifarres ».

Monsieur,

J'ai reçu la vifite d'un homme camus qui eſt le plus plaiſant corps que l'on puiſſe voir ; il m'a tenu les diſcours les plus extraordinaires ; voici comme il a débuté.

» Monſieur, quoique nous ne nous ſoyons
» jamais parlé, il ſe peut que mon viſage ne
» vous ſoit point inconnu ; je ſuis l'un des cin-
» quante mille fainéants qui circulent éternelle-
» ment dans cette Capitale ; mon viſage camus
» ſe trouve par-tout ; il ſe peut que vous m'ayez
» vu au Palais Royal, aux Tuileries, ou à l'un
» de nos Spectacles, & mon viſage eſt ſi extraor-
» dinaire, que, lorſqu'on l'a vu une fois, on ne
» l'oublie jamais.

» Monſieur, les dédains qu'éprouve conti-

» nuellement mon vifage camus, de la part des
» vifages porteurs de beaux nez, m'ont fait con-
» cevoir une haine implacable contre tous les
» nez du Royaume indiftinctement ; loin d'ex-
» cepter les nez qui appartiennent aux femmes,
» c'eft principalement contr'eux que je fuis en
» colere ; il eft incroyable combien les camus
» font méprifés par les femmes. J'aime les jolies
» femmes à la rage, & quand je me délecte au
» Spectacle à contempler une jolie femme dans
» fa loge ; fi elle s'apperçoit que mon vifage
» camus eft fixé fur le fien, elle fe cache avec
» fon éventail, ou elle tourne la tête, ou elle
» s'affeoit différemment ; elle prend fi bien fes
» mefures que je ne la vois plus. Ah ! quelle per-
» verfité dans les jolies femmes ! ne pas même
» accorder les plaifirs de contemplation à un
» camus ! . . . . quand j'éprouve ces cruelles mor-
» tifications, Monfieur, j'ai les convulfions de
» la rage, & je fouffre comme un damné.

» La guerre fe déclare, &, dans ces circonf-
» tances exceffivement difpendieufes, un nou-
» vel impôt ne peut qu'être agréable à notre
» Souverain, & vous faurez, Monfieur, que
» dans un accès de fureur qui m'a pris au
» Wauxhall de Torré où tous les nez fe hauf-
» foient & fe pliffoient dédaigneufement à l'af-

» pect de mon visage camus , j'ai imaginé un
» impôt qui pourroit être levé sur tous les nez
» du Royaume , mâles & femelles indistincte-
» ment ; par lui , l'orgueil des beaux nez seroit
» châtié , & je savourerois les douceurs de la
» vengeance ; exempt de le payer , ainsi que
» tous mes Confreres les camus , j'irois me pro-
» mener en plein midi dans la grande allée du
» Palais Royal avec un front superbe , & je me
» moquerois de tous les nez qui se sont moqués
» de moi.

» Je n'ignore point que la Ferme du Tabac
» est une imposition levée sur les nez du Royau-
» me , mais tous les nez ne prennent point de
» tabac , & entre ceux qui en usent , plusieurs ,
» & principalement les beaux nez , les nez à pré-
» tentions en prennent de si légeres pincées qu'il
» est évident qu'ils ne consomment que très-peu
» de tabac , & qu'ils ne cherchent que le plaisir
» de faire remarquer leur agréable construction,
» en faisant mouvoir gracieusement au tour d'eux
» les doigts élégants qui présentent le tabac.

» C'est donc sur la personne même des nez
» que je propose qu'on leve une imposition; on
» évalueroit leur longueur, & ils payeroient tant
» par lignes; pour parvenir à se procurer leur me-
» sure tant en longueur, grosseur, qu'ensinuosités,
» il

» il ne feroit pas néceffaire d'aller farfouiller le
» nez des gens ; on invoqueroit le talent du
» Géometre ; on fe ferviroit des opérations
» qu'il emploie pour connoître la hauteur des
» clochers, & l'on fait que le Géometre obtient
» une très-exacte mefure des clochers, fans qu'il
» les touche, ni même fans qu'il en approche de
» fort près.

» Pour que cette impofition fût levée avec
» impartialité, elle feroit affife par des camus
» que nommeroit le gouvernement, qui forme-
» roient entr'eux un corps, & qui feroient appel-
» lés *le Tribunal des camus*.

» Les nez défectueux, tels que les tortus, les
» boffus, les nez à bec de corbin pourroient
» obtenir quelques diminutions fur l'impôt, mais
» il eft probable qu'elles feroient rarement folli-
» citées ; bien des nez de travers foutiendroient
» qu'ils font droits ; & pour obtenir la gloire
» d'être compris dans la claffe des beaux nez,
» ils payeroient avec volupté la plus forte impo-
» fition.

» Cet impôt ne procureroit pas feulement
» beaucoup d'argent au Roi, il produiroit encore
» dans les mœurs la plus heureufe révolution ;
» on fait que le nez eft le fiége de l'orgueil, &,
» en puniffant le nez fuperbe d'une forte amende

Q

» qui feroit prononcée par le Tribunal des Ca-
» mus, on procureroit peu à peu à la Nation
» tout entiere un caractere d'humilité qui lui
» fieroit à merveille, puifque ce caractere eft
» toujours le partage du mérite.

» La France qui, en tout genre, poffède au
» plus haut dégré la beauté, les graces, les ta-
» lents, & la vertu, doit étre modefte, ainfi que
» l'eft dans un cercle une femme qui joint à une
» beauté rare l'efprit le plus agréable.

» Pour que le Tribunal des Camus pût par-
» venir promptement à étouffer dans la Nation la
» foibleffe de l'orgueil, il auroit fes efpions,
» ainfi que le Tribunal de la Police, & vous jugez
» bien qu'il n'employeroit point de camus pour
» ce miniftere ; dès qu'on verroit un camus
» quelque part, on feroit en garde ; fes efpions
» au contraire feroient des hommes porteurs de
» longs nez dont on n'auroit aucune défiance,
» & qui auroient ordre de fourrer leurs nez par-
» tout.

» Quand ils verroient dans un Cercle, dans
» un Café, dans un Spectacle, un perfonnage
» altier, la tête renverfée, hauffant & pliffant
» fon nez dédaigneufement, à l'afpect d'une
» perfonne qui n'auroit pas le bonheur de lui
» plaire, ils s'approcheroient, fans faire fem-

« blant de rien ; ils dirigeroient leur attention fur
» le bout du nez du perfonnage, & ils compte-
» roient fcrupuleufement le nombre de plis qu'ils
» appercevroient fur le nez infolent. Si la per-
» fonne méprifée étoit d'un mérite ordinaire,
» autant de plis, autant de fois cent écus qui
» feroient payés par le coupable, au tribunal
» des camus. Si la perfonne méprifée étoit d'un
» mérite fupérieur, autant de plis, autant de
» fois cent piftoles.

    » L'impôt que j'ai imaginé, Monfieur, pro-
» duiroit un argent immenfe à notre Souverain,
» & notre Souverain eft trop judicieux pour
» ne pas accorder à l'Inventeur de l'impôt, le
» privilege d'en être le Receveur général. Ah !
» Monfieur, quelle félicité m'attend, fi je fuis
» le dépofitaire de cette finance ?

    » Dans l'un de nos Spectacles il y a une char-
» mante Actrice que j'adore, & qui frémit, quand
» elle voit mon vifage camus. Ce qui me ravit
» en elle, c'eft fon nez, c'eft qu'elle a le plus joli
» nez du Royaume de France.

    » Parvenu au grade éminent de Fermier géné-
» ral, je courrai chez cette femme raviffante ;
» avec des facs d'argent, j'enfoncerai toutes les
» portes par où l'on parvient à fon appartement.
» Arrivé jufqu'à elle, je ne tomberai point à fes

» genoux, mais j'y laifferai tomber des bourfes
» pleines d'or, & je la conjurerai de jetter fur
» mon vifage camus, un regard de commiféra-
» tion. Je ne doute point que cette femme cé-
» lefte, voyant un début fi pathétique, ne
» s'attendriffe en ma faveur, &, devenu fon bon
» ami, je ferai le plus heureux des mortels, dans
» les inftants où je pourrai dire : *Enfin mon vifage*
» *a un nez & le plus joli nez du Royaume de*
» *France.*

De ma Loge, 1778.

LETTRE XXIV.

» *Vifite d'un Religieux Capucin* ».

MONSIEUR,

UN Religieux Capucin, d'un âge avancé &
d'une figure vénérable, m'a fait l'honneur de
venir me voir à ma Loge ; il a autrefois de-
meuré à Paris, mais il ne faifoit que paffer dans
cette Capitale, quand j'ai eu fa vifite.

Sa converfation m'a fait un extrême plaifir ;
après avoir entendu parler ce Religieux avec

érudition & dans les meilleurs termes , il m'est échappé une naïveté dont j'ai eu un cruel repentir, mais qui m'a valu une réponse vigoureuse & noble, dont je me souviendrai toute ma vie.

Charmé de la conversation du Religieux , il m'est échappé de lui dire : » Comment avec » tant de mérite , être Capucin , dans le dix- » huitieme siecle. ?

A ces mots le Religieux devint rouge , & je deviens plus rouge que lui encore ; je vis que je l'avois offensé , & j'en éprouvai un regret mortel. Pour tout au monde , j'aurois voulu pouvoir rappeller & pouvoir exterminer les paroles que j'avois dites. Le Religieux vit mon trouble , & m'en sçut gré ; & , après avoir vaincu l'agitation où je l'avois mis, il me parla ainsi :

» Je ne m'attendois pas, Monsieur, à une » pareille surprise de la part d'un Avocat qui » a eu le courage de se faire Ecrivain Public. » Et qu'y a-t-il donc d'humiliant , s'il vous » plaît, à être Capucin ?

» Sont ce mes vêtements qui vous offensent ? » Et qu'ont de commun les vétements & le » mérite de l'homme ? Est-ce ma barbe qui vous » choque ? Sous le regne de François premier , » j'eusse été , par la barbe , l'un des hommes les » plus considérables.

'Ah ! que dites-vous, mon Révérend Pere,
lui répliquai-je avec vivacité ? Ce n'eſt point par
la barbe , c'eſt par le mérite perſonnel que vous
euſſiez été l'un des hommes les plus reſpec-
tables.

» Vous cherchez à faire votre paix, Monſieur,
» reprit le Religieux ; je ne vous en veux point;
» mais je ſuis piqué , & je demande la permiſſion
» de parler.

» Notre Siecle , ſi vain de ſes connoiſſances,
» ne parle que de Philoſophie; & , ſi elle exiſte
» cette Philoſophie , c'eſt dans le cloître des
» Capucins.

» Ce ne peut être qu'une ivreſſe de vertu qui
» entraîne un jeune-homme dans notre Ordre ;
» on ne le ſoupçonnera point d'y chercher les
» douceurs de l'oiſiveté , les délices de la bonne
» chere , les agréments du monde, dont certains
» Religieux jouiſſent beaucoup plus que les gens
» du monde eux-mêmes.

» Une vie laborieuſe, une nourriture frugale
» & quelquefois incertaine, un habit incommode
» & groſſier & le dédain des hommes du Siecle,
» tel ſera le partage d'un jeune homme qui ſe
» fait Capucin.

» Si le mérite ſuprême d'un homme raiſonna-
» ble eſt d'être Philoſophe , quel homme eſt plus

» Philofophe qu'un Capucin qui a les vertus de
» fon état ?

« Mais je prévois, Monfieur, ce que vous
» pourriez me dire. Les vêtements dont on fe
» couvre, les aliments dont on fe nourrit ne
» conftituent pas la Philofophie ; c'eft par les
» œuvres qu'elle fe manifefte, c'eft par des actes
» fréquents, & d'humanité & de bienfaifance.

» Les Philofophes du Siecle, je le fçais, font
» grand étalage de ces vertus dans leurs Ecrits,
» mais ils ne les montrent gueres dans leurs ac-
» tions (a). Les Peres Capucins ne font point

(a) Si j'avois ofé interrompre le vénérable Religieux,
je lui aurois cité un Philofophe célébre qui demeure à
Paris, qui joint à l'éclat du mérite perfonnel, l'illuftration de la naiffance, & aux plus grands talents en divers
genres, l'humanité la plus tendre ; c'eft un fage qui éclaire
la Société par fes écrits, & qui l'embellit par fes vertus ;
je fais un homme pour qui ce Savant a fait des prodiges
de bienfaifance, mais il ne fe borne point aux actions
d'éclat ; l'intérieur de fa maifon n'eft qu'un théâtre de
bonnes œuvres ; il loge & nourrit l'homme de mérite qui
a préfidé à fes premieres études, ainfi que la femme qui
a pris foin de fon enfance, & qui, aveugle depuis vingt
ans, ne peut rendre aucune efpece de fervices.

Il eft permis de nommer les Philofophes qui ne font
plus ; quel homme a porté à un plus haut degré la vertu
de la bienfaifance que M. Helvétius, Auteur du fameux

» de Livres pour prêcher l'humanité & la bien-
» faisance , mais leur vie toute entiere en est

Livre de l'Esprit ? Sans en avoir adopté le système , je
regarde cet Ouvrage comme l'un des Livres les mieux faits
& l'un de ceux qui passeront à la postérité ; ce qui est très-
rare , l'Auteur a une fisionomie très-marquée. Il a des
opinions à lui , & il les présente avec méthode & avec
grace , avec érudition & avec agrément , & quand le sujet
l'exige , avec l'éloquence , ou la plus touchante , ou la plus
magnifique ; c'est le dessein du tableau , c'est le talent du
Peintre que j'admire ; quant aux opinions , c'est une chose
à part. Je ne pense point comme M. Helvétius , mais je
crois que moi qui ne suis qu'un particulier très obscur , je
ne dois pas plus quereller un autre homme sur ses opinions que sur la forme de son visage , d'ailleurs les vertus
utiles à l'humanité que pratiquoit ce Philosophe , doivent
lui faire pardonner les égarements de son imagination.

Aux objections que j'aurois pû faire à ce Religieux , en
faveur des Philosophes , vraisemblablement il eût répondu :
» si la Philosophie engage à de très-belles actions les hom-
» mes heureusement nés qui joignent le cœur le plus noble
» à la supériorité de l'esprit , la Religion eût exercé sur ces
» beaux naturels la même séduction & l'attrait des récom-
» penses que celle-ci promet , lui donne de plus une puis-
» sance victorieuse que n'a point la Philosophie ; la Reli-
» gion arrache aux hommes durs & bornés des actes de
» bienfaisance que la Philosophie n'obtiendroit point.

Parlez aux hommes vulgaires du plaisir qu'il y a de con-
» courir au beau moral , & de la volupté que l'on goûte à
» s'occuper du bonheur des autres , ils ne vous entendront

une

» une continuelle prédication. Suivez-les depuis
» l'inftant où ils commencent leur journée, juf-
» qu'à celui où ils cedent pour quelques heures
» à la néceffité du fommeil; & vous verrez que
» l'humanité & la bienfaifance entrent dans
» toutes leurs actions.

   » Quand ils élevent leurs mains vers l'Etre
» Suprême, pour fufpendre fes vengeances ou
» pour folliciter fes graces, le bonheur des
» autres hommes eft demandé par eux, avec
» autant d'inftance que leur bonheur perfonnel.
» S'éloignent-ils du pied des Autels, on les voit,
» ou réconcilier les hommes inconféquents avec
» leur confcience, ou préfenter à un riche, les
» vœux des infortunés, ou porter à un infirme
» des confolations, ou conduire un fils défo-
» béiffant aux pieds de fon pere, ou rapprocher
» des amis qui s'éloignent, ou retracer à un
» jeune homme les droits victorieux d'une jeune
» fille, qui a cru à fa probité; ou bravant éga-
» lement, & les feux de l'été & les rigueurs
» de l'hiver, aller à pied, dans une campagne
» éloignée pour y remplacer un Pafteur, dans

» point; & fi la Religion n'a plus d'empire fur eux, ils ne
» feront que de vils égoïftes, c'eft-à-dire, les plus mépri-
» fables de tous les hommes ».

» les augustes fonctions du Ministere; ou courir
» enfin au lit d'un mourant, pour anéantir dans
» son sein les terreurs de la mort, & y substituer
» la joie d'entrer dans la vie véritable & immor-
» telle, pour laquelle il a reçu l'existence.

» Suivez, suivez, Monsieur, le Pere Capucin
» dans toutes ses actions, & sa vie toute entiere
» n'est qu'humanité & bienfaisance.

» Après avoir vengé mon état, qu'il me soit
» permis de vous parler de moi; vous serez
» étonné d'entendre un Capucin vous dire qu'il
» n'imagine pas d'homme plus heureux qu'il ne
» l'est lui même, & je vous parle vrai, Mon-
» sieur.

» Depuis 30 ans j'ai lu tout ce qui a paru
» pour & contre la Religion, & l'immortalité de
» l'ame, un Dieu rémunérateur; ces principes
» sublimes, sans lesquels il n'existe point de
» morale, ravissent & persuadent mon ame avec
» autant d'activité que lorsque je n'avois que
» vingt ans, mais quand le contraire de ces
» opinions seroit la vérité, je ne me repentirois
» pas d'être Capucin.

» Confident par état des égarements déplora-
» bles où les hommes sont entraînés par les pas-
» sions, je loue tous les jours le Ciel de m'avoir
» placé dès la fleur de mes ans, dans un port où
» je ne suis point exposé à leur séduction.

» Il est cependant, je l'avouerai, il est une
» passion à laquelle on n'échappe point dans les
» Monasteres, & qui semble exercer son empire
» avec plus de furie, quand on se dérobe à sa
» puissance ; je suis homme, où seroit la honte
» d'avouer que j'ai connu les dangers qui assiegent
» sa vertu ? Oui, Monsieur, j'ai connu ces fan -
» tômes si attrayants, si dangereux, qui naissent
» de la fermentation du sang, & qui se repro-
» duisent par-tout sur les pas d'un jeune homme,
» mais encouragé par les conseils & par l'exem-
» ple de mes Supérieurs, soutenu par de bonnes
» lectures, enflammé sur-tout par le desir de
» me distinguer dans mon ordre, j'ai été vaine-
» ment agité par eux quelques années ; le cou-
» rage par lequel je ne leur ai jamais cédé, m'a
» conduit à remporter sur eux une victoire com-
» plette, & ce triomphe m'a rendu le plus heu-
» reux des mortels. Victorieux d'une passion
» qui produit & le délire & les malheurs du
» monde, je jouirai sans amertume jusqu'au
» tombeau des vrais biens de la vie, & quels
» sont-ils ces biens ?.... La tranquillité de l'es-
» prit, les plaisirs de l'étude, la conversation des
» gens de mérite, & le bonheur de la considé-
» ration.

 » Si j'avois un cœur moins sensible, ajouta

» ce Religieux, j'ignorerois les peines de la vie,
» mais souvent dépofitaire du fecret des infor-
» tunés, éprouvant quelquefois l'impuiffance de
» leur être utile, comment ne point partager
» leurs tourments, & ne point répandre des lar-
» mes avec eux ».

A ces mots, je vis des pleurs couler fur le
vifage du vénérable Religieux, & je fus défef-
péré de l'arrivée d'une Perfonne qui mit fin à
une vifite auffi intéreffante, & qui reftera éter-
nellement dans ma mémoire.

De ma Loge, 1778.

LETTRE XXV.

» *Vifite d'une femme de Spectacle* ».

Monsieur,

UNE jeune femme que je crois attachée à l'un
de nos Spectacles, a eu la curiofité de venir me
voir à la Place Royale, & comme elle eft très-
aimable, je l'ai reçue avec un extrême plaifir ; à
une jolie figure, elle joint les graces les plus in-

génieuses & le fourire le plus agréable, elle m'a
dit :

» Monfieur, j'ai lu vos Lettres, elles ont une
» fimplicité & un enjouement qui plaifent beau-
» coup ; elles m'ont donné l'idée de venir vous
» demander un fervice.

» J'ai à écrire une Lettre qui m'intéreffe in-
» finiment ; je vous apporte un papier où j'ai
» jetté toutes mes idées, mais je fens que tout
» ce que j'ai écrit eft commun, & je voudrois
» que vous y miffiez de l'efprit ».

Vu ce que j'éprouve, lui répondis-je, Madame, la propofition que vous me faites eft
des plus extraordinaires, vous venez me demander de l'efprit, & c'eft vous qui m'en
apportez. ——— Ah ! repliqua-t-elle, je m'attendois bien que vous me diriez des chofes
galantes, vous louez les Femmes dans vos Lettres, de la maniere la plus ingénieufe ; mais,
de grace, ne me faites point de compli-
ments. ——— De grace, fouffrez la vérité.
Quand vous êtes arrivée, j'étois dans une
ftupidité profonde, & en vous offrant à mes
regards, vous rallumez l'imagination que j'avois
à vingt ans. ——— Il n'eft pas de la dignité
d'un Philofophe, dit-elle, avec un fourire

délicieux, de montrer tant d'émotion en voyant
une jeune femme.———— La gloire d'un Philosophe est d'être sensible aux charmes de la Beauté;
& de faire éclater son admiration pour une femme très-admirable, qui daigne le visiter.————
'Ah! Monsieur le Philosophe, cessez vos éloges,
ils sont inutiles; vos yeux me disent assez que
je suis jolie ; & de grace, parlons de ma Lettre.

J'ai pour amant un jeune homme, qui est
le plus aimable & le plus généreux des mortels;
il en agit avec moi comme un Dieu. Son ame
pénétrante apperçoit toutes mes pensées. A
peine ai je formé un desir, que son objet est
réalisé par la magnificence de mon amant ; je
ne suis occupée qu'à mettre un frein à ses
bienfaisaits, & à chercher des expressions qui
peignent la vivacité de ma reconnoissance. Mon
regret est de n'être point assez belle pour mériter
tant d'hommages, aussi tous mes soins ne tendent
qu'à suppléer, par le bon goût, des ajustements
à la foiblesse de mes attraits ; la moindre négligence dans la parure, me paroîtroit un crime.
Mon devoir, je le sens, est d'embellir & de
multiplier mes charmes, pour augmenter &
multiplier le bonheur de mon amant.

Si je jette les yeux sur une glace, c'est pour
acquérir dans le maintien une élégance qui me

rende plus agréable à fes yeux. Si j'ouvre un livre, c'eft pour acquérir dans le langage, des graces qui féduifent fon efprit. Enfin, ce mortel enchanteur eft fans ceffe préfent à ma penfée. Je voudrois qu'il le fçût ; je voudrois le lui peindre avec le feu qui me dévore, & je fuis humiliée de la foibleffe de tout ce que vous venez d'entendre.

Et moi, je fuis tranfporté, lui repliquai-je, de tout ce que vous avez dit. ———Tout de bon. Eft-ce qu'il y a de l'efprit dans ce que je viens de dire ? ——— Il y a mieux que de l'efprit, il y a du fentiment, il y a de l'élo-quence. ——— Je ne m'en ferois pas doutée. ——— Vous êtes donc comme le Bourgeois Gentilhomme qui faifoit de la profe fans le fçavoir. ——— Je croyois qu'il falloit fçavoir le latin, pour dire des chofes qui fuffent vrai-ment des chofes d'efprit.——— Ah ! Madame! de belles têtes fans latin, délicieufement ornées comme la vôtre, & auffi heureufement orga-nifées, ont beaucoup plus d'efprit que bien des Docteurs en langue latine. Si vous fçaviez combien le latin multiplie les fots fur la terre !.... .——— Il faut que cela foit, il me vient quel-quefois des adorateurs, qui font bien bêtes, & qui, dit-on, ont fait d'excellentes études. Mais

revenons à ma **Lettre**, je vous en prie. Faites-
moi un modele où vous déployiez toutes les
richeſſes de votre imagination. ——— C'eſt
votre imagination elle-même qui ornera la Lettre, je répéterai bien exaĉtement ce que vous
venez de me dire, & cela me ſera très facile.
Vous ſerez aſſiſe auprès de ma table, tandis que
j'écrirai. ——— » Vous vous trompez très-fort
» car je m'envais. ——— Vous croyez donc,
» Madame, que, quand une jolie femme quitte
» un homme à qui elle a daignéfaire viſite, il ne
» la voit plus quand elle eſt partie. ———
» Il me paroît aſſez naturel de le croire. ———
» Il la voit au contraire beaucoup plus que
» quand elle étoit préſente ; quelque part qu'il
» aille, elle eſt ſans ceſſe ſur ſes pas ; il lui ſemble
» même qu'elle voltige autour de lui, & quel-
» quefois il ne lui eſt pas facile de s'en débar-
» raſſer. ——— Ah ! pour le coup, vous me
» tenez les diſcours d'un homme qui eſt en Loge!
» J'ai beſoin de votre bon ſens pour ma Lettre;
» tâchez de ne le point perdre, & trouvez bon
» que j'acheve de vous dire mes intentions au
» ſujet de cette Lettre.

    » Répandez-y toutes les idées galantes qui
« naiſſent ſi facilement dans votre imagination,
» & ayez la petite ruſe d'y inſérer des fautes
            » d'ortographe ;

» d'ortographe ; je copierai le modele fort exac-
» tement, & les fautes d'ortographe feront croire
» à mon amant que c'eft moi feul qui aurai écrit
» la Lettre. Vous me garderez le fecret......
» Ah ! que vient-il de m'échapper ! Mille par-
» dons , Monfieur ; quand on a lu vos Lettres ,
» il n'eft pas permis de vous croire capable de
» la moindre indifcrétion.

» Il eft un autre fervice que je vous demanderai
» par la fuite. La petite célébrité que je dois à
» la frivolité des riches , ne laiffe pas que de
» me donner du crédit. J'ai quelquefois le pou-
» voir de rendre de très-grands fervices , mais
» j'ai trop fouvent la mortification de m'étre
» employée pour de mauvaifes caufes ou de
» malhonnêtes gens ; quand ces méprifes m'arri-
» vent, j'en fuis affligée jufqu'aux larmes ; je ne
» puis me diffimuler que de pareils fuccès font
» des crimes , & dans le malheur de commettre
» des actions vicieufes, lorfque je cherche à cul-
» tiver la vertu , je crois voir que le Ciel me
» punit....

A ces mots, elle s'eft arrétée ; fon joli vifage
eft devenu férieux ; fes longues paupieres fe font
baiffées, & , après s'être tu un inftant , elle a
repris.

» Pour que je n'éprouve plus à l'avenir de

S

» pareilles mortifications, quand on me deman-
» dera un fervice, je demanderai un Mémoire
» & je vous l'enverrai ou je vous l'apporterai ;
» fi le Philofophe juge la Perfonne honnête, &
» l'affaire bonne, je les appuierai du fuffrage de
» mes amis; fi le Philofophe au contraire n'eftime
» ni l'affaire, ni la Perfonne, je lui obéirai & ne
» ferai aucunes démarches.

» Adieu, Monfieur, je vous recommande
» ma Lettre, & fur-tout n'oubliez pas les fautes
» d'ortographe ».

En difant ces mots, cette femme charmante
a difparu, & elle a laiffé mon ame réjouie de
trouver le goût de la vertu dans une femme auffi
diffipée, & ma petite Loge délicieufement em-
baumée par les parfums qu'exhale fa belle chevelure.

De ma Loge ; 1778.

LETTRE XXVI.

» *Vifite d'un vertueux Ivrogne* ».

MONSIEUR,

UN homme eft entré dans ma Loge une après-

dinée, & m'a dit ; » je prévois que votre plume
» me fera utile, mais je ne viens pas aujourd'hui
» pour vous demander des fervices ; on dit du
» bien de vous dans Paris , cela m'a infpiré le
» defir de vous connoître ».

Après avoir parlé ainfi, cet homme s'affeoit ,
tire fa tabatiere , prend du tabac, le renifle lon-
guement , &, tandis qu'il le favoure , fa tête fe
renverfe , & il me regarde de la maniere la plus
joviale.

Après avoir pris fon tabac, cet homme , fans
parler , tire de fa poche une bouteille & deux
gobelets de criftal enveloppés dans le linge le
plus blanc ; il place le tout fur ma table , & je
lui demande ce qu'il veut faire de tout cela.
—— Je veux boire, & je veux boire avec vous.
—— Mais, Monfieur, je ne bois jamais de vin
hors de mes repas. —— Voilà de ces regles
dont il faut fe départir, quand un homme qui
nous veut du bien, nous prie de boire avec lui.
—— Mais , Monfieur, je n'ai pas l'honneur de
vous connoître. —— C'eft pour faire connoif-
fance que nous allons boire enfemble ; ce n'eft
pas du vin médiocre que je vous ai apporté,
c'eft de l'excellent vin de bourgogne ; je fuis
riche & garçon ; j'emploie mon argent à mes
plaifirs , & aufli à me rendre utile aux autres

hommes, quand ils le méritent, & qu'ils m'en fourniffent l'occafion. Buvons —— Monfieur, il n'y a pas befoin de vous refufer; le vin eft délicieux. —— Je me doutois bien que vous le trouveriez bon. —— Vous avez lû mes Lettres vraifemblablement. —— Je ne les ai point lues, & ne les lirai point. —— En effet il y a tant de bonnes chofes à lire. —— Ce n'eft pas cela. C'eft que je ne lis rien, mais fi la lecture m'ennuie, le vin m'amufe; buvons un coup.

On loue beaucoup dans Paris le courage que vous avez eu de vous faire Ecrivain Public. Si vous parvenez à fubfifter avec aifance dans cet emploi, ce qui eft très-poffible, vous ferez plus heureux que les Commis des Finances les plus hupés, ou les Secrétaires des plus grands Seigneurs; vos plaifirs & votre fommeil ne feront jamais troublés par la crainte d'une difgrace; vous vivrez dans la douceur toujours nouvelle de n'avoir point de maître; vous ferez de la noble claffe des honnêtes Artifants qui tirent uniquement de leur travail leur fubfiftance, qui n'ont de compte à rendre à perfonne de l'emploi de leur temps, qui travaillent quand cela leur plaît, & qui, quand il ne leur plaît point de travailler, ferment leur boutique & vont fe promener; je vous eftime; buvons un

coup. ——— Je fuis très-flatté , Monfieur,
d'obtenir votre fuffrage. ——— Je fais beaucoup plus de cas de vous que de moi-même.
Imaginez que j'ai douze mille livres de rentes ,
que je fuis garçon, & que je n'ai rien à faire ; il
faut néceffairement que je fois vicieux. ———
Vous vous jugez peut-être avec trop de féverité. ——— Non. Je me rends juftice. Je fuis
ce qu'on appelle un vieux coquin. Je cours après
toutes les filles ; c'eft là ma dépenfe la plus forte ;
les filles m'emportent la meilleure partie de mon
revenu, cependant au milieu de cette vie licen-
tieufe , je mêle par-ci *par-là* de bonnes œuvres.
——— Et comment cela , s'il vous plaît.
——— Quand je vois qu'une jolie fille a une
politeffe & des graces qui avertiffent qu'elle eft
bien née, quand je vois qu'elle eft honteufe du
métier où elle fe trouve engagée par une indifcrétion de jeuneffe , & qu'elle defire fe réconcilier avec fa famille ; je lui en facilite tous
les moyens ; il n'y a pas d'année que je ne
retire deux ou trois filles de la carriere de la
licence pour les rendre à leurs parents &
à la vertu. ——— Ah ! Monfieur , lui dis-
je en pâliffant , & le cœur frappé d'une vive &
profonde admiration; buvons deux coups, je
vous en prie ; n'avez-vous apporté qu'une bouteille, je ne bois jamais ; mais je fuis prêt à boire

avec vous tant que vous voudrez, à m'enivrer
même, si cela vous fait plaisir. ——— Je suis
content de cette saillie ; je savois bien que vous
m'estimeriez. ——— Je fais plus. Je vous res-
pecte. ——— Vous me faites plus d'honneur
que je ne mérite ; mais je suis bien aise de savoir
que vous n'auriez pas de répugnance à vous
enivrer avec moi. A cet égard je suis réglé ; je
ne m'enivre gueres qu'une fois la semaine, & la
premiere fois que j'en aurai la fantaisie, je son-
gerai à vous.

Pour revenir aux jolies filles que j'ai conver-
ties, moi qui suis un obstiné pécheur, il y a
quelques années, j'en ai reconnu une qui entroit
à l'Opéra en même-temps que moi ; il y avoit
alors quinze mois environ que je l'avois rendue
à sa famille ; quoique j'aie très-bien vu qu'elle
me reconnoissoit aussi, j'aurois mieux aimé mourir que de la saluer, mais je l'ai suivie jusqu'à sa
loge en prenant des précautions pour qu'elle ne
s'en apperçût point.

Cette jeune Personne est de Province ; après
avoir préparé son retour dans sa Patrie par des
Lettres, je lui avois donné l'argent dont elle
avoit besoin pour s'habiller décemment & faire
sa route. ——— Buvons, Monsieur, à cette
belle action qui est au-dessus de tous les éloges,

———— Quand je l'ai revue à l'Opéra , elle étoit fort parée ; elle étoit accompagnée par un homme d'une quarantaine d'années , vêtu richement , & par une femme âgée dont la parure simple & les manieres aifées annonçoient de la fortune & le ton de la bonne compagnie. Lorfque ces trois Perfonnes font entrées dans leur loge , la femme âgée a dit : » je veux me placer » entre ma fille & mon gendre ». A ces mots , je me fuis fauvé , & des pleurs ont coulé de mes yeux. ———— Il n'y a plus moyen de boire , Monfieur, foufrez que je répande avec vous les pleurs de la vertu. ———— Moi qui avois vu cette jeune femme raccrochant dans Paris , imaginez quelle joie j'ai reflenti en la voyant rentrée dans les bras de fa mere , en la voyant mariée avantageufement , & en confidérant que c'étoit à moi qu'elle devoit fon heureufe exiftence.

Eprouvant une joie exceflive , je fuis forti de l'Opéra. Le chant & la danfe des Actrices qui m'amufent délicieufement pour l'ordinaire , ne m'auroient fait aucune fenfation. J'ai bien fenti dans ce moment-là que les plaifirs de la vertu font les plus grands de tous les plaifirs.

Me voilà marchant dans la rue St. Honoré , fans but déterminé , & cherchant feulement un

azile écarté où je puſſe me livrer , ſans diſtrac-
tion à la joie intérieure qui me béatifioit. Je
m'arrête , je leve les yeux & me trouve aux
pieds de l'Egliſe de St. Roch , je monte & j'entre dans St. Roch , moi qui fréquente très-peu
les Egliſes ; j'avance , je m'enfonce dans cet
Edifice , & vais me cacher dans la Chapelle du
Sépulchre; là je regarde autour de moi , & ne
voyant perſonne , je m'abandonne , ſans frein ,
au pieux enthouſiaſme qui me tranſportoit , &
que je n'avois jamais éprouvé. L'auriez-vous
cru , Monſieur , d'un profane comme moi ? Je
me proſternai face contre terre. Ah ! que c'eſt
une douce choſe que de ſe rendre compte aux
pieds de l'Etre Suprême , d'une bonne action
qu'on a faite ! Dans les tranſports qui m'agi-
toient , je regarde les ſtatues qui ornent la Chapelle où j'étois ; je crois voir qu'elles partagent
mes tranſports , & qu'elles les approuvent par
un mouvement de tête : voilà mon cerveau qui
s'embraſe au point que mon imagination fait une
courſe juſques dans le Ciel , & que je crois voir
l'Etre Suprême qui daigne me ſourire. ————
J'ai tant de plaiſir à vous entendre , Monſieur ,
que je n'oſe vous interrompre. ———— Dans
le raviſſement où j'étois , je parlois tout haut ,
quand on eſt venu me dire qu'on alloit fermer
les

la porte de l'Eglife. Forcé de m'arracher aux extafes qui me faifoient goûter un excès de félicité que je n'avois jamais connu, l'ordre de fortir fut pour moi un coup de foudre.

Je n'oublierai jamais, Monfieur, cette foirée délicieufe, que j'ai paffée dans St. Roch ; j'y ai appris une vérité dont j'efpere un jour faire mon profit, c'eft que laiffer les plaifirs des fens pour goûter ceux de la Religion, ce n'eft que changer de voluptés, difons mieux, c'eft fe perfectionner dans la fcience des voluptés.

Deux jours après la rencontre que j'avois faite de ces Dames à l'Opéra, mon laquais vient me dire un matin, que deux Dames de Province demandent à me faluer : elles entrent, c'étoit elles-mêmes. La fille me dit avec vivacité : » Vous me reconnoiffez fans doute, Monfieur ? « Je la reconnoiffois très-bien, mais je lui dis que je n'avois jamais eu l'honneur de la voir. La Mere prend la parole, & dit : » Cette réferve, » Monfieur, nous afflige. Ma fille vous a très- » bien reconnu à l'Opéra, & elle a très-bien vu » que vous la reconnoiffiez. S'il eft un fervice » pour lequel la femme du plus haut rang » embrafferoit, avec gloire, les genoux de » fon bienfaiteur, c'eft le fervice que ma fille » a reçu de vous, mais, quoiqu'il n'y eût rien

T

» que de juste dans une reconnoissance qu'elle
» porteroit jusqu'à l'ivresse, vous ne la souffri-
» riez pas. Nous venons seulement vous dire,
» les yeux pleins de larmes, que ma fille est
» charmée de vous revoir ; que je suis charmée
» d'avoir l'honneur de vous connoître ; que
» nous sommes à Paris pour huit jours encore ;
» que nous vous supplions de ne pas nous quit-
» ter, & que j'ai dit à mon gendre, que vous
» étiez un ami de mon mari. »

A ces mots, le vertueux ivrogne a regardé sa
montre ; il a vu que l'heure l'appelloit dans une
maison où il avoit donné parole ; il m'a quitté,
en me promettant qu'il reviendroit me voir, &
je l'en ai prié avec instances.

De ma Loge , 1778.

LETTRE XXVII.

» Visite d'un homme à projets ».

MONSIEUR,

L'UN des soirs de cet hiver, un homme mal
vêtu est venu me voir, & en m'abordant il m'a
dit : » je viens, Monsieur, vous offrir votre
» fortune ».

J'ouvris toutes mes oreilles à cette agréable proposition, & je répondis : soyez le bien arrivé, Monsieur, & hâtez-vous de me dire, s'il vous plaît, comment vous ferez ma fortune. ———— J'ai dans la tête les projets les plus avantageux pour l'état; s'ils parviennent à nos Ministres, je suis certain qu'ils seront accueillis ; je suis certain qu'ils me procureront des sommes immenses, & je vous donne parole d'honneur que vous aurez moitié dans les récompenses qui me seront accordées par la Cour. ———— On ne peut rien de plus honnête ni de plus généreux que votre proposition. Et que faut-il faire, s'il vous plaît, Monsieur, pour être admis à partager les bienfaits que vous allez obtenir de notre Souverain ? ———— Il faut, Monsieur, m'accoucher. ———— Vous accoucher ? ———— Oui. Mes projets divers forment dans ma tête un cahos que je ne sais point éclaircir. Je vous prie Monsieur, de dissiper ce cahos, d'établir de l'ordre dans mes idées, & de les rédiger en Mémoires qui soient écrits avec la précision que vous mettez dans vos Lettres. ———— Je ne crois pas que vous ayez besoin du service que vous me demandez, & j'ajouterai que ce service n'est pas agréable à rendre ; il est difficile de présenter avec grace des pensées qui ne sont point les

nôtres, & qui quelquefois font diamétralement
oppofées à nos opinions ; je me permettrai encore de vous obferver que je ne crois pas que
nos Miniftres ayent befoin qu'on leur préfente
des projets ; ce ne font pas les vues qui leur
manquent.

Il y a plus , on fait que les Miniftres lifent peu
les projets dont les particuliers furchargent leurs
bureaux , & en cela , ils font excufables ; pour
mériter d'être lu , quand on écrit fur le gouvernement , il faudroit avoir été Miniftre , il faudroit avoir été affis fur les marches du Trône ,
& de-là avoir promené fes regards fur la vafte
étendue du Royaume ; nous autres particuliers
jettés dans un coin de la France , nous ne
voyons qu'une très-foible partie des objets qui
intéreffent fon bonheur , & il eft bien difficile
que de nos idées folitaires puiffe naître le bonheur général. ———— Il n'en eft pas de même
de mes projets , Monfieur ; quand vous les con-
noîtrez , vous en ferez très-content. ———— Je
vous entendrai volontiers fur vos projets, mais
pour que nous en parlions amplement , agréez
que je vous faffe une prière. Ma journée a été
bonne , & je fuis en état de vous offrir un fou-
per. Ne me refufez point, je vous en fupplie.

———— La propofition m'eft faite de trop
bonne grace, pour que je ne l'accepte pas ; je

n'ai point d'engagement ce foir, & je fuis prêt
à vous fuivre à votre Auberge.

Nous fommes à table. Mon principal Mémoire, dit le politique, a pour objet la rentrée
des Proteftants en France. ———— Monfieur,
lui dis je, regardez la jolie fille qui nous fert;
fes joues font comme des touffes de rofes; que
fes dents font blanches! que fes fourcils noirs
font hardiment deffinés! fous fes longues paupieres, on croit voir jaillir des flammes; voyez
fa belle chevelure dont le défordre annonce la
richeffe; ah! Monfieur, fi cette jolie fille avoit
la toilette, les graces & les artifices d'une co-
quette, qu'elle feroit de ravage dans Paris!
———— Monfieur, je vous parle des Proteftants, & vous ne m'écoutez point. ————
Monfieur, permettez, regardez, s'il vous plaît,
ce valétudinaire qui arrive de la Bourgogne
par le Coche d'Auxerre; voyez fes trois bon-
nets de nuit & fes deux redingottes; cet homme
ne fait point qu'il fe tue par tant de précautions
contre la rigueur du froid; fon extrême pâleur
annonce qu'il y a chez lui un relâchement de
fibres, & le froid aigu que nous éprouvons,
s'il agiffoit fans obftacle fur toutes les parties de
fon corps, le guériroit fans le fecours d'aucun
Médecin.————Mais les Proteftans, Monfieur.
———— Regardez notre hôte, Monfieur;

voyez son large visage & son gros ventre ; voyez
comme il nous méprise, parce que nous sommes
pauvres & qu'il est riche ; Monsieur, ce mépris-
là n'est pas du meilleur sens, mais il y a du bon
sens dans ce mépris-là. Après la vertu qui nous
rend supérieurs aux plaisirs & à tous les besoins
qui ne sont pas de première nécessité, il n'y a
rien de meilleur au monde que l'argent ; l'argent
vaut mieux que l'esprit & les talents ; combien
de sots qui ne seroient point dignes de verser à
boire à des gens de mérite , habitent , parce
qu'ils sont comblés d'argent, des Palais super-
bes, jouissent des respects des autres hommes,
& soupent délicieusement avec des femmes charmantes ! ce qui me console, c'est qu'ils ne sen-
tent pas tout ce que vaut le sourire d'une belle
femme. ———— Mais de grace , Monsieur, parlons de la rentrée des Protestants en France ;
dites-moi ce que vous pensez de ce projet.
———— J'évitois d'en parler, Monsieur, parce
que je ne pense pas comme vous , & que je
n'aime pas à contredire.

La révocation de l'Edit de Nantes a fait un
très-grand mal à la Nation , j'en conviens : mais
je ne crois point du tout que ce très-grand mal
seroit réparé par l'anéantissement de cette révocation , par le rétablissement de l'Edit de Nantes.

Je pense que peu de Protestants rentreroient

en France ; nos Réfugiés n'exiftent plus que dans leurs petits-fils , & ceux-ci nés en Hollande & en Angleterre les regardent néceffairement comme leur patrie; ils y feroient donc retenus par les arrangements de leur fortune , par le cercle de leurs amis , de leurs parents & par le charme invincible qui nous attache aux lieux qui nous ont vu naître. ———— Je fuis en état, s'écrie le Politique , de réfuter ces confidérations. ———— Cela fe peut , Monfieur; mais fouffrez que j'ajoute une obfervation , c'eft que divers Cultes également permis dans un état , conduifent les différents Sectaires à la tiédeur. pour le Culte même auquel ils font attachés, & bientôt après à une négligence totale de leur Culte. J'ai habité la Hollande & l'Angleterre , & dans la claffe des Ouvriers, on me faifoit remarquer un grand nombre de perfonnes, qui, depuis trente ans , n'avoient point mis le pied dans aucune Eglife. Quand l'indifférence , pour le Culte religieux, a gagné le Peuple , la Religion eft totalement détruite dans un Etat , & la deftruction de toute Religion avance de plufieurs fiecles la décadence des Empires.

Ici l'homme à projets me confidéra d'un œil de pitié , & comme ce regard ne me ménageoit point , je pris le parti de ne point le ménager lui-même , & de lui dire :

Croyez-moi, Monsieur, si vos autres projets ressemblent à celui de faire rentrer les Protestants en France, abandonnez cette maniere de vous occuper. Si vous êtes appellé à écrire, publiez de petits Contes bleus, qui réjouissent les honnêtes gens. Cela sera plus sensé & peut-être plus utile à votre fortune, que de vouloir faire des leçons à nos Ministres.

A ces mots, l'homme à projets se leva avec impatience, & courut à notre Hôte, pour payer son souper ; je m'opposai à ce qu'on reçût son argent,& il s'en alla fort courroucé d'avoir l'obligation d'un souper à un homme qui ne pense pas comme lui.

De ma Loge, 1778.

LETTRE XXVIII.

Beaux traits de bienfaisance dont je suis l'objet ».

MONSIEUR,

J'AI éprouvé, il y a quelques semaines, dans ma petite Loge de la place Royale, des traits de bienfaisance aussi beaux que tout ce qu'on lit de plus beau dans les Romans. La noblesse & les ~~oreilles n'ont elles donc jamais été frappées de~~

l?

la forme des bienfaits, la délicateſſe & la mo-
deſtie de mes bienfaiteurs : toute cette riante
aventure illuſtreroit merveilleuſement ces ouvrages d'imagination ; les miniſtres des bontés
dont j'ai été l'objet, étoient pour moi autant
d'inconnus, qui me paroiſſoient envoyés par
des Fées, & mon cœur, ami de la vertu, ne
me laiſſant ſentir aucune eſpece d'humiliation,
je me ſuis prêté à tout, avec gaieté & avec la
réſignation que l'on doit aux Fées bienfai-
ſantes.

Pour l'honneur de mon ſiecle, je n'ai pas
tardé à ſavoir qu'il n'y avoit pas de Féeries
dans mon aventure, & que mes bienfaiteurs
étoient deux Dames & un homme réellement
exiſtants, & dont les belles ames ſe réuniſſent
délicieuſement pour faire le bien.

Les deux Dames, qui toutes les deux ſont
jeunes, quand elles auroient une ame commune,
meriteroient les hommages les plus empreſſés ;
imaginez les hommages que l'on doit à des femmes charmantes, qui ont une ame ſublime. Où
trouver des expreſſions qui les louent dignement ?

Je vois votre impatience, Monſieur, de ſavoir le nom de ces Dames, mais il m'eſt dé-
fendu de vous le dire ; tout ce que je puis accorder à votre curioſité, c'eſt que ces Dames ſont

quelquefois errantes dans les Champs Elifées , & que leur converfation feroit applaudie aux Champs Elifées de l'autre vie.

Ma gaieté qui fe développe , en vous racontant cette agréable hiftoire , eft troublée tout-à-coup par la crainte des interprétations défobligeantes qu'on pourra donner à mon procédé. Si je publie , dira-t-on , des bienfaits que j'ai reçu , c'eft pour aiguillonner en ma faveur la bienfaifance des autres riches.

Certes , je ne puis empêcher que les pervers ouvrent la bouche , & prononcent cette odieufe réflexion ; mais quelque chofe que difent les pervers , ils ne pourront pas faire que mon procédé ne foit pas un acte de vertu.

S'il eft dans l'univers une Ville, où l'on doive s'abandonner , fans trouble , au bonheur d'agir uniquement d'après fa confcience , c'eft Paris. L'éloge & la cenfure y gliffent fi rapidement dans les cercles , que la fenfation qui y eft faite par l'homme dont on parle le plus , a , on ne peut pas moins , d'intenfité. Placé au milieu de ces torrents de paroles, qui fouvent fe contredifent, & qui toutes fe précipitent dans le fleuve de l'oubli, quel parti prendre pour être heureux? . . . . Il faut fuivre l'impulfion de fa confcience , & quand on eft approuvé par elle, il faut agir & parler avec intrépidité.

Quant à moi, c'est le système de ma conduite : mon grand objet est de mériter ma propre estime ; mon univers, c'est ma tête.

J'ai reçu des services ; ma conscience m'ordonne de les publier ; je les publie dans ces feuilles. J'avoue que c'est une très-obscure publication, mais je courrois aux places publiques, s'il m'étoit permis d'y raconter à haute voix, les bienfaits dont j'ai été comblé, & d'y prononcer aussi à haute voix, le nom de mes bienfaiteurs.

Je conçois que vous avez de la douleur, Monsieur, de ce que je ne vous dis point le mom de ces Dames, dont j'ai tant à me louer, & je vais sans doute augmenter vos regrets, de ne pas les connoître, en mettant sous vos yeux, une Lettre que m'a fait l'honneur de m'écrire l'une de ces Dames.

De ma Loge, 1778.

L E T T R E.

» *Que m'a fait l'honneur de m'écrire l'une des Dames qui sont mes Bienfaitrices* ».

Monsieur,

ON ne peut assez admirer votre mérite, votre gaieté, & cette Philosophie aimable

qui vous foutient dans les miferes de la vie;
on ne peut s'empêcher d'être étonné qu'après
avoir joui des avantages de la fortune, & au
milieu de l'adverfité, vous ayez confervé une
fi haute opinion de l'efpece humaine. Faffe le
Ciel cependant que vous n'ayez jamais à décomp-
ter, & que vous trouviez autant d'amis que vous
êtes fait pour en avoir ! mais fouffrez que je me
permette le plaifir de raifonner un peu, & que
j'ofe vous demander fi vous ne vous êtes pas
prêté à cette illufion, fans y avoir beaucoup
réfléchi. Avec les lumieres que vous annoncez,
je ferois bien plus difpofée à croire que par un
fyftéme adroit vous voudriez effayer de rani-
mer des cœurs dont peut-être vous n'avez que
trop éprouvé la dureté. Ah ! s'il eft poffible que
vous ayez encore cette candeur de la jeuneffe
aimable, heureufe, & fans expérience, dans
quel Pays avez-vous donc vécu ? Eft-ce dans
cette Capitale que vous auriez pû la confer-
ver ?... Et cette foule de malheureux qui gé-
miffent, & ces riches puiffants qui les oublient
dans leurs abondantes jouiffances, ne dépofent-
ils pas contre la fenfibilité des humains ? Vos
oreilles n'ont-elles donc jamais été frappées de
cette réflexion barbare que, *que fi l'on vouloit*
fecourir tous ceux qui font à plaindre, il n'y
auroit pas de fortune fuffifante, & qui, d'après
cet axiome, fait rejetter celui qui fe préfente

feul, & l'abandonne à l'humiliation d'avoir demandé des fecours en vain.

Et vous voudriez, Monfieur, former un ordre
d'Officiers de Morale ! où comptez-vous donc
prendre des Êtres affez humains, affez généreux, affez détachés d'eux-mêmes, affez animés
de l'amour du bien, pour fe dévouer entiere-
ment au fervice du miférable qui manque du néceffaire, ou du malheureux opprimé par la ty-
rannie de celui qui peut lui faire la loi? Je doute
que parmi tous les hommes que vous pouvez
avoir connus, il vous fût poffible d'en trouver
fix dignes de remplir la noble fonction à laquelle
vous, inftituteur, voudriez l'affocier.

Je fuis fâchée de vous le dire, Monfieur,
mais votre plan de Morale eft le réve d'une belle
ame qui s'exalte à l'idée du bonheur des humains.
En fuppofant que vous trouviez de vertueux
freres capables d'entrer dans vos fentiments, en
leur accordant même toute la fenfibilité, tout
l'efprit, toute l'éloquence néceffaire pour tou-
cher les cœurs, où font ceux qui font fufcep-
tibles d'en être affectés ?

Dans le fiecle dernier fans doute vous auriez
pû avoir de grands fuccès ; l'enthoufiafme de la
vertu animoit les Grands Hommes, & leur ardeur
vivifioit toute la Nation, mais dans le temps
préfent où une forte d'efprit qu'on appelle Phi-

losophie a tout anéanti ; où vice & vertu ne
font que des mots qu'on a décomposés pour
les réduire à rien, où l'orgueil & l'égoïsme font
les points fur lesquels fe fondent tous les fyftê-
mes, où tout ce qui eft refpectable *eft ridicu-
lifé*, où enfin tous les fentiments élevés paroiffent romanefques, il ne faudroit qu'un mauvais
plaifant (dont l'agréable faillie ne manqueroit
pas de circuler & de trouver des Rieurs) pour
déconcerter l'établiffement le mieux conçu &
le plus utile.

Tel zèle que vous puiffiez prêter à vos Officiers, je doute qu'ils euffent le courage de s'ex-
pofer long-temps aux farcafmes que bientôt on
lanceroit contr'eux, de toute part.

Croyez-moi, Monfieur, ayez moins de confiance dans un projet qui me paroît imprati-
cable ; confervez, fi vous voulez, ou fi vous
pouvez, la bonne opinion que vous avez des
Humains, mais évitez de les mettre à l'épreuve ;
quant à vous, je fuis perfuadée en effet (*a*) *que
vous pouvez vous enorgueillir d'être homme.* Avec
un cœur véritablement vertueux, il eft naturel
de penfer que nous fommes le plus parfait ou-

(*a*) Mot qui fait allufion à l'une de mes Lettres où j'ai
dit dans un autre fens que j'étois orgueilleux d'être
homme. Voyez pag. 28, N°. 2.

vrage du Créateur. Mais, hélas !!il faut en con-
venir, en gémiſſant, il y a ſi long-temps que nous
ſommes échappés de ſes mains, que nous avons
bien dégénéré.

Ne ſoyez point en peine, Monſieur, du petit
envoi auquel je joins ma Lettre. Il vous eſt fait
par un homme & deux femmes toujours réunis,
quand ils peuvent aller au-devant d'un infortuné.
Ces trois êtres ne ſont ni grands, ni riches, ni
puiſſants, mais aſſez heureux pour avoir la faculté de témoigner à un homme de mérite, tout
l'intérêt qu'ils prennent à ſa ſituation. Recevez,
je vous prie, l'aſſurance de la parfaite conſidéra-
tion, avec laquelle j'ai l'honneur d'être, &c.

LETTRE

*De M. Dupuy des Ilets, Américain, né
à la Guadeloupe, Eleve de M. Baillot,
Direĉteur de la Penſion Académique à Paſſy.*

Monsieur,

La Note obligeante que vous avez bien voulu
inférer à mon ſujet, dans votre Feuille, n°. 2,
page 73, m'a plus embarraſſé que réjoui ; je ne
me connois point encore de mérite qui ſoit digne
d'un éloge publié par la voie de l'Impreſſion ;

& votre amitié pour moi vous a fermé les yeux
fur l'imprudence qu'il y a de louer un jeune
homme, avec autant d'éclat. Heureufement
que les obfervations de mon vertueux inftituteur, ont réprimé l'effor qu'alloit prendre mon
amour-propre, & m'ont fait confidérer que vos
bontés étoient plutôt un encouragement à mériter l'eftime des hommes éclairés, qu'un témoi-
gnage de l'eftime que j'en aurois déja méritée.

Le triomphe d'un homme de mon âge, eft de
recevoir le portrait de fa Maîtreffe, & le mien eft
de recevoir de nouvelles Brochures de votre
façon. Moi, qui ai eu l'honneur de vivre avec
vous, quand j'entends dire qu'elles font charmantes, j'appuie l'éloge avec enthoufiafme, &
j'ajoute : je connois pourtant quelque chofe de
mieux encore, c'eft la converfation de l'Auteur.

Comme je fais que vous n'aimez point les
éloges, je me hâte de vous affurer que j'ai l'honneur d'être, &c.

www.ingramcontent.com/pod-product-compliance
Lightning Source LLC
Chambersburg PA
CBHW060445260626
47161CB00005B/2068